U0688121

素系風格

1000 天素与简的生活练习

林伟欣 著

图书在版编目（CIP）数据

素系风格 / 林伟欣著 . —— 武汉：武汉大学出版社 ,2019.11

ISBN 978-7-307-21107-0

Ⅰ . 素… Ⅱ . 林… Ⅲ . 随笔—作品集—中国—当代 Ⅳ . I267.1

中国版本图书馆 CIP 数据核字 (2019) 第 181356 号

责任编辑：黄朝昉　牟 丹　责任校对：孟令玲

版式设计：北京木客工作室

出版发行：武汉大学出版社　　（430072　武昌　珞珈山）

　　　　　（电子邮箱：cbs22@whu.edu.cn 网址：www.wdp.com.cn）

印刷：固安县保利达印务有限公司

开本：710×960　　1/16　　印张：14.5　　字数：100 千字

版次：2019 年 11 月第 1 版　　2019 年 11 月第 1 次印刷

ISBN 978-7-307-21107-0　　定价：49.80 元

版权所有，不得翻印；凡购我社的图书，如有质量问题，请与当地图书销售部门联系调换。

推荐序 1

Dear Charlotte In White,

伟欣、欣欣、Charlotte、沙律，在你是亭亭玉立的高中生时，就已经拥有一种很迷人、很令人安心的气质……稍微高大的倩影在一大群年轻俏皮的舞者当中，隐隐散发着一股出尘的清纯气息。你低调，又带点儿高傲；对未来，也常有种不肯定的迷惘却亦带有一份不肯服输的倔强！从不多言，总不失态，甚少流泪，十分冷静，偶尔开怀大笑，做好自己，不给别人添麻烦，不哭诉、埋怨、指责、争辩……对你的这种印象延续至今。

作为一个翩翩起舞的舞者你是独特而具吸引力的，因为你在舞台上下都展示出一种自信、冷然的气质！尤其在不少摄影作品中可见这种脱俗。转眼间，十年青春共舞的时光悄然流过，有许多难以名状的不舍和失落，只好盼望彼此用心在生活中继续"长袖善舞"吧。

喜欢你对素食的择善而执，那刻不容缓、不断探究的自我要求令人感动，这种对当下生活质量的追求精神，如舞台上的一束灯光照亮了日常生活的场景，让许多人有了"活得更精彩更好"的原动力。

这本书，记载了许多你的生活发现和深情故事，特别是那些很少由你亲口诉说的"心的话语"！

感谢你是你，并不断成长，成为一个更好的林伟欣。

我们都会一直在你身边，见证你所有的悲喜，并一起为了你的"新发现"而欢欣鼓舞！

Love,

Dancing Andy Wong

p.s. 欣欣，偶尔闭上眼睛，仍然会不时回想起当年那趟宁夏的助学之旅……你和蓉蓉在那漫长的车程中，唱着无尽的青春之歌，那歌声，真让人向往！

舞蹈家　王廷琳

推荐序 2

"而我不知道 Charlotte In White 是谁。"

今天这个在众人眼前真实存在的她，是不可能跟我印象中的她联系在一起的。因为从 1990 年她出生开始到成年之前，她扎的辫子、穿的裙子、配的鞋子……哪样不是出于我（和我妈）的手？

她从前对什么都无所谓，何时开始有了属于自己的"Style"（风格）？我分析出几个原因。

是个女的。大概女生到了某个年龄，在青春期和激素的交错里，都开始对个人形象有所觉悟，而那段把风格"搞错"了的黑历史被她写出来了，我也就不"多踩一脚"。

是学艺术的。假如风格是一件由外而内再从内到外的事情，她大概从舞蹈的形体到影像的形态里吸收了不少养分，几年的"光合作用"后，她的眼睛看出了人和物的独特模样。

是个斜杠青年。不专一于单一职业，而专注于个人身份，尤其是从事艺术创作的她，拿摄影、时装、设计作为处理自己这块"素材"的手段，所以她是她本身的作品。

最后，是吃素的。人生的每项抉择都与环境互动着，她吃素的决定与坚持，不单挑战着这个世界的准则，也是对个人信念的忠守。而经

I

历了一千天，她没失败。

圣罗兰说："Fashions fades, style is eternal."（时尚褪色，风格永恒）。从素食的生活练习，到素白的简约美学，她从头到尾、线上线下地把"素"实践在衣食住行的每个生活细节里。不是"今期流行"，她建立起的是让个人或世界都更能永续的"素系风格"。

她非唯一，但肯定独特。风格，是用岁月磨炼出来的，里面包含了一些经历、挫折和心得，这些都无法复制。如果你想得到启发让自己变得更好，我诚意把舍妹这本拙作推荐给你。

哥哥／司仪　林伟豪

简约生活，由素食开始

Hi！我叫 Charlotte，90 后，是个摄影师、录像导演、平面设计师、时尚博主、网上时装店店主、半个服装设计师、半个模特儿和半个舞者……是个斜杠青年吧！基本上，所有关于视觉创意的事我都接触。（推出这本书之后，我也成为作家了。）

我天生就喜欢看美丽的事物——包括人、景色、服装……但我并不是从小就学习艺术的。小学的美术课也没有得过特别高的分，偶尔被展示的作品，多数也是因为有哥哥帮忙。不过，我爸爸是摄影迷，家中有专业的胶卷相机，从小我就喜欢去抢他的相机乱拍。相册中那些"松、郁、朦"的照片，就是我的童年大作。那时，我也不担心拍得好不好，反正爸爸从来不介意我烧胶卷。看来，这也算是我创作之路的起点。

长大后，我才开始接触不同的艺术作品，也才开始跳舞，慢慢发觉自己还是喜欢简单、直接的东西。无论是照片、录像、设计、穿衣，愈简约，我所感觉到的力量愈大。我在所触及的地方，追求每一个位置和细节有其意思和意义。

三年前，因为一次参加断食营的经历，我做了一个决定：要从生活中最基本的"食"开始"简约化"。从此，我的斜杠又多了一画，决意成为"素食者"，里里外外去实行我的简约生活。

但毕竟"民以食为天"嘛，在一个传统华人家庭中长大，从小由习惯做饭"多油、多盐、多肉"的奶奶带大，要彻底改变饮食习惯，并非易事，也绝非我个人的事。其中不少经历，有好笑的、奇怪的、意想不到的、挣扎的、不愉快的，也有自己的内心戏："为何要吃素？""为什么简单地吃顿饭也好像要麻烦身边人迁就？"还有和身边的人的互动，餐厅老板一知半解地说："不吃肉？我们海鲜也好吃！"甚至妈妈无奈地诉说："什么也不吃，也不知道要给你煮些什么！"

也许，我的文字能道出不少素食朋友的心里话，让大家知道崎岖的素食之路上有这么一个素未谋面的知心人，也能让未曾试过吃素的朋友多明白一点儿吃素到底是怎么一回事，然后能和吃素的家人朋友相处得更好，甚至偶尔一起享受素食。

　　这三年，素食除了让我发现食物可以如此多样外，也让我因此接触到更多的人、更多我未曾想象过的事。没有负担的蔬食，不仅可以为身体带来好的能量，身体也感觉轻盈和舒适了，也影响了我的生活态度，甚至对生命的看法。在二十七岁的这一年，我写下自己从决定吃素开始的初心和经历、成功与困难、身体及心灵上的过程——记录我如何由选择"食物"开始，过一个自己选择的人生，一步步成为"更好的我"。即使没有超越世界的惯性，我也可以选择改变自己，从每天都要吃的食物开始。

　　对我来说，"素"不只是饮食，而这个概念是可以"活出色"和"被欣赏"的。素食的日子、简约的生活、直接的情感——是启发，是美丽的开始，是爱。

目 录
Contents

Part 1 / 从无肉不欢到有肉不吃

1.1 我也曾是肉食系小女生 / 003

1.2 遇见吃全素的舞蹈老师 / 006

1.3 24 岁的生日礼物：瑜伽断食营 / 012

1.4 吃素 180 天：最好也是最坏的开始 / 022

1.5 学懂计素 追求平衡 / 026

1.6 学会煮素 对身心负责 / 033

1.7 素食友原来是麻烦友 / 040

1.8 别当个"无所谓"的素食者 / 044

1.9 30 天不喝牛奶解决暗疮问题 / 051

Part 2 / 素食是一种生活态度

2.1 无蛋奶饮食带来的 4 个改变 / 059

2.2 美好早餐提案 / 064

2.3 清新午餐的满满能量 / 071

2.4 3 个轻食晚餐小点子 / 077

2.5 咖啡以外的健康提神之选 / 081

2.6 我的素食餐厅存档 / 086

2.7 生活改道——在老区享受北欧 Hygge 时光 / 092

2.8 知足常乐——历史建筑内的自助餐 / 096

2.9 思本寻源——把日本的精进料理带到香港 / 099

Part 3 ╱ 素系衣食住行

3.1　吃得简约，令身心更正面 / 105

3.2　别让"拥有的"杂物支配你 / 109

3.3　衣着断舍离 / 113

3.4　"素"造个人风格的法则 / 119

3.5　"素"颜之美 / 125

3.6　简约的原点 / 131

Part 4 ╱ 心灵"素"汤

4.1　素食女生与肉食男生 / 137

4.2　与母亲大人的餐桌角力战 / 141

4.3　大病一场后，重新学习聆听身体的声音 / 145

4.4　27 岁的我学会的 27 件事 / 149

4.5　因为热情，所以主动 / 153

4.6　享受身心静下来的时光 / 158

4.7　抑郁过后的平静 / 161

4.8　素·爱 / 166

Part 5 ╱ 累积飞行里"素"

5.1　在世界的角落寻找美味和自己 / 173

5.2　别习惯台北口味成自然 / 179

5.3　在宜兰扫净内心的杂音 / 184

5.4　纽约的素食时尚 / 188

5.5　游得像个巴黎人 / 192

5.6　濑户内海的极简之美 / 198

Part 6 ／ 回归初心

   6.1   素食，只是一个开始 / 205

   6.2   改变生活的练习 / 211

   6.3   给自己的信 / 213

   谢 辞 / 217

PART

1

从无肉不欢

到有肉不吃

1.1

我也曾是
肉食系小女生

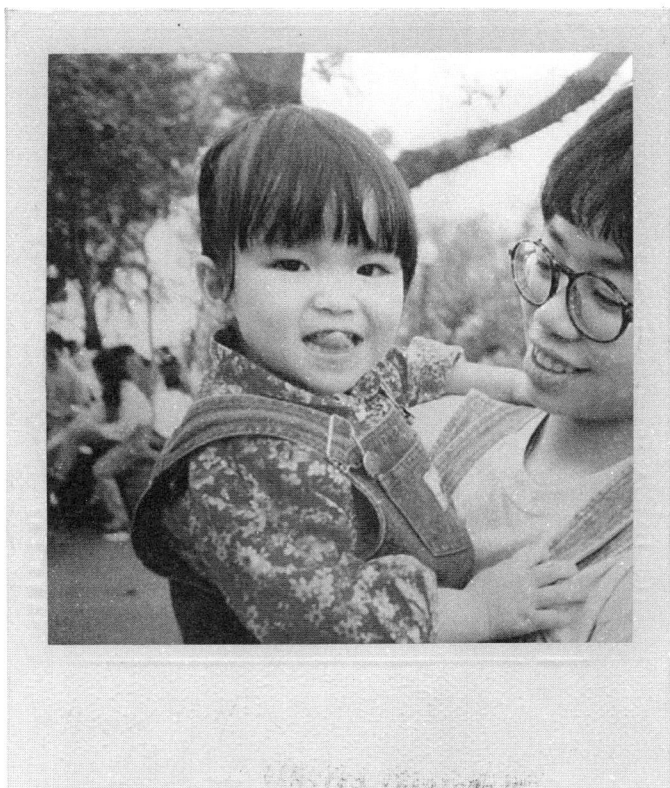

➤➤ 在家人的熏陶下，小小年纪嘴已经馋得不得了。

我并不是那种天生喜欢吃蔬菜吃水果的女生。

和很多小朋友一样，因为爸妈忙着上班，我小时候是由奶奶照顾的。奶奶是典型的香港家庭主妇，胖胖的身体、手上戴着玉镯子、穿着百货公司专柜的毛衣、梳着每三个月都得去重新烫一次的发型。

那时候，我们住在石硖尾的七层大厦（现已拆毁），是最早期的公共屋邨，爷爷一家九口打通两个单位居住。印象最深的，是家中那个大露台。我喜欢在露台的铁栏爬上爬下，望着街上经过的行人，有时候，还会有卖糖果的叔叔，把色彩缤纷的糖果抛上各个露台。

美味回忆

饮食习惯都是跟家人养成的。奶奶做的菜特别好吃。西红柿肉碎炒鸡蛋和薯仔炆鸡翅是我最爱的两道"名菜"。每每煮这些菜的日子，午餐吃满满两碗白米饭，对那时只有六岁的女生来说完全不是问题。更"好"的日子，是奶奶从街市买来新鲜的三点蟹，清蒸来给我当下午茶！晚餐，我最喜欢妈妈做的黑椒牛仔骨和爸爸做的香辣粉丝煲，我的家人都很会做饭。至于周末，我们大多会吃火锅，基本上一年四季我都喜欢吃火锅，而牛肉片是我的最爱，与开罐可乐一起吃，是人生一大乐事。

周日不是带着一大盘卤水鸡翅去水上乐园，就是在浅水湾吃炸鸡薄饼。庆祝生日，我们会去餐厅吃铁板牛排、雪糕香蕉船。酱汁淋下铁板的一刻，那一道白色的烟、油花、香气和吱吱作响的酱汁，现在回想起来，还是非常深刻。

更有诱惑力的，是当年我家附近的很多小排档。鱼蛋、碗仔翅、牛肉串烧……琳琅满目，在人流不绝的热闹气氛中，诱惑力太强了。爸爸和我总爱晚餐前先在这里吃过"前菜"才回家（不过一定要很小心，要不妈妈发现会被骂）。还有姨妈、姑、姐经常买汽水、糖果、薯片，等等。叔叔也会带我去冒险乐园，之后吃很多爆米花和雪糕。

流口水了吧？就这样，我的童年充满着各式各样的重口味"美食"，我不折不扣是个小食肉兽，只要我肯吃，什么都能源源不绝地涌进我的餐盘。那时候的爸妈没有现代父母般讲究健康和营养，却给我这个小孩留下了一段很愉快和珍贵的回忆。

不过，这也意味着，我转吃素的历程很困难。基本上要放弃以上回忆里最美好的味道。之外，我还深深地体会到，一个人在饮食习惯上的改变，不只是个人的事，那是对整个家庭饮食习惯的冲击。

1.2

遇见吃全素的
舞蹈老师

人生中的任何转变，都是缘分使然

→→ 即使 Andy 老师是素食者，也丝毫没有影响到他跳舞的力量。

跟大众一样，小食肉兽时代的我，对食素的概念就是食斋。而斋，就是电视剧中少林寺和尚吃的东西，和每逢大年初二妈妈都会煮有的豆腐、冬菇、发菜、木耳、枝竹、粉丝的南乳斋煲。除此之外，我在十六岁以前对素食也是全无概念。

直至高二遇上我的舞蹈老师——香港著名编舞及舞蹈家王廷琳（Andy）。Andy 老师是我素食路上的启蒙者。我十六岁开始跟他学舞蹈，那时候他已经茹素十多年了。之后高三毕业，完成高考后的暑假我跟他到处跑，在视力障碍和智障人士等组织当小助教（至今我也认为那段日子是我人生中学到最多东西的时光），会常常去素食餐厅。那时只觉得老师很厉害，不吃肉也饱肚，也能练得一副舞者的好身材。他是我生命中接触到的第一个素食者，而当时还处于发育时期的我，最喜欢的还是吃肉。

后来在升上大学至大学毕业后的六年间，我也一直留意着 Andy 老师，看着他"无肉食也有气力跳舞""不吃肉也一直超健康"，一直也把吃素这件事记在心中，尤其是 Andy 老师说他当初吃素是因为爸爸意外离开了，想为父母积善存福。

在他的熏陶下，我知道了更多有关宗教，或是有关爱护动物，或是为了环保，或是因为健康问题，决定茹素的种种原因。

电影唤起对动物生命的尊重

所看过的一些文章和纪录片当中，最有印象的其实并非关于素食，而是有关动物保育。纪录片《血色海湾》(*The Cove*)，讲述了日本太地町的渔民每年捕杀海豚的经过。当地捕豚成业的原因不外乎是为了供应食物，也有人为了卖海豚到外国去赚钱。在电影院那九十分钟，成了我毕生难忘的记忆——我至今都没法忘记那个被血染红的海湾、那群被扣子伤害到的海豚，和它们所发出的哀号声。画面背后，我看到人类为了私欲而让其他生命受伤害的事实，我为此感到非常难过，也因此决定再也不去动物园。

可是一年后，我跟朋友到宁夏旅行，因为是大伙儿一起进行的活动，我也就跟着去当地的游乐园，其中一个节目是观看海狮表演。那天海狮不太合作（或许海狮本来就不应该合作），训练员一而再，再而三地用工具惩罚它。看着看着，我就想起电影中的海豚，不由自主地流下眼泪。难道，它们一生就是为了要"娱乐"我们、让我们"观赏"它们而活吗？

自此，我更相信每一个生命都是值得尊重的，但没想到要吃素。

纪录片《血色海湾》的日版海报。

为父积福的 49 天初素体验

直至爸爸早年过世了。想起 Andy 老师的决定，我也想为爸爸积善存福，便第一次吃了七七四十九日的素。当时除了肉类和海鲜不吃，还是会吃锅边素、有肉煮的汤我也会喝（像萝卜猪骨汤不吃猪骨照喝汤）。虽然并不严格，但也是吃素缘分的起点。

两个月过去了便回归吃肉。我还记得那种很期待、很开心的心态：可以去"谭仔"吃炸酱了！可以吃我最喜欢的三文鱼刺身了！可以去打边炉吃牛肉了！可以去台湾吃鸡排了！可是，开心的时间过得特别快，吃肉后的几星期，我发现身体开始出现问题。从小肠胃消化不良的我，便秘问题变得更严重；一直很少长痘痘的我皮肤也开始长粉刺，还会发炎！那时候还觉得，是不是二十四岁的人才开始青春期啊？！但其实心里知道，这也许是因为饮食习惯不良所导致的……于是乎，吃素的想法，又在心里渐渐地显现出来。

Andy 老师的启发、那个难忘的纪录片、那只被伤害而没有自由的海狮、我的爸爸、我的身体——仿佛所有信息都在告诉我，要一步一步地朝吃素的路迈进。

➤➤ 受 Andy 老师的影响，我也开始对素食有更深入的了解。

1.3

24 岁的生日礼物：
瑜伽断食营

24 岁。

我是从 2014 年 11 月 8 日开始吃素的。

那天是我到台南断食营体验的第一天。

生日前一天，我从香港飞往台北，辗转到台南的旅舍过夜，准备第二天一早上山参加营队。到达台南那家旅舍时，旅舍主人问我为什么一个女生远远来到台湾小食之乡，却要跑到山上去断食……（大概她以为我有点不正常吧。）

"是因为快大一岁了，想给自己一个改变的机会，也想逃离一下香港那边的急促节奏。"

实情是，到台北前的两个月，我一直为筹备开时装网店的事在忙，每天在家工作十多个小时，的确需要一个"喘口气"的空间。想起早从Andy老师的口中听说过这个断食营队的体验，每天做瑜伽、到山上走走、和身边的人交流，虽然只有短短五天，却是个休养生息的避世之旅，相比起赶行程和景点，而每每过后比待在家中还要累的旅游模式，我当然选择前者。

5 天断食营，为身心大扫除

"断食时，因为没有毒素进入身体，器官可以趁此机会休息，进而恢复排毒功能。"

"断食就是一种内在的大扫除。"

"食物、营养与健康生活的课程，改变你与食物的关系。"

"轻松和缓的瑜伽课程及冥想静坐，让你的身心柔软平和。"

"在空气清新、充满灵性的地方，吸取大自然的能量。"

报名参加前在网上看到以上的介绍，更让我觉得自己没有选择错（虽然放弃了我心目中每年最重要的生日蛋糕）。接下来，让我仔细说说在断食营每天的经历，看看我是怎样迎来人生中一个最重要的改变的吧！

第一天 —— 原来我的身体年龄不止 24 岁

早上，在路边小店吃过沙拉和吐司后，我便启程前往营地。从台南市中心前往营地约需 90 分钟。当车子驶入营地时，道院前的一棵很大很壮又长满翠绿树叶的大树，还有那片看上去柔软舒适的草地，都让我清楚知道：对，这就是我要找的地方。报到时已有十多个人到达，每个人都在填写与自己有关的健康、饮食习惯等相关资料，另一边也有人在量体重。原来在营里，我们每天都要量体重，除了体重，也要记下自己的脂肪比例、身体水分、肌肉量、身体质量指数（BMI）、内脏脂肪、每天基础代谢率（即需要多少卡路里来维持身体的运作）。团队的老师在旁边解释说，这是要让营友每天看看断食有没有让身体改变。

作为高要求的香港女生，我当然对磅上的资料完全不满意！体重太高、脂肪比例也高，最意想不到的是，我的身体水分只有 42%（女性正常是 45% 至 60%），而肌肉量只有 24%（女性正常大约 27%），并没有因为跳舞多年而变得理想。听罢老师的简单解释，我才发现自己虽然年纪轻轻，但身体也不是很健康，然后暗自归咎一下，这都是现代人在都市生活的缘故吧。

淋浴过后先上第一堂瑜伽课。这并非运动量很大、会让人流汗的那种瑜伽，而是比较安静，也比较注重体位和呼吸的练习，旨在让身体放松下来。紧接着是一堂静坐课，老师简单带着我们唱歌后，便让我们开始三十分钟的静坐。第一次接触静坐的我，维持了三分钟左右便开始身体发痒，但眼看身边有些人可以静静地坐这么久，让我怀疑是不是自己的专注力有问题……不过，随着老师所教的腹式呼吸法，慢慢地我的思绪开始清空，心情也平静下来。

接下来便是我最期待的晚餐时间！为了让身体逐渐适应明天开始的排毒断食，第一天晚上只可以喝加进奇亚籽的蜂蜜燕麦奶。这是我第

>>> 现在奇亚籽蜂蜜燕麦奶成了我最喜爱的饮料之一。

一次接触奇亚籽这种"超级食物"，老师解释它可以补充营养和增加饱腹感，同时可以促进肠道蠕动，对排毒很有帮助。感觉新鲜、甜甜的燕麦奶，想不到喝完也有一点儿饱，这让一向爱好甜食的我感觉幸福。可能是因为不需要花时间和动用肠胃去消化食物，我第一天晚上很快便入睡了。

第二天 —— 柠檬盐水要了我的命

可是，幸福没延续多久。

第二天早上五点半起床，就是要喝柠檬盐水排毒的时间了。每个人围着桌子，拿刀去切不同分量的柠檬（这是经导师按每个人的身体状况去编定的）。我凝望着那一大瓶柠檬盐水，然后尝试一口气喝下，

失败了。断断续续地，真的要用上意志去喝掉，不夸张，绝不容易；庆幸的是，一群人共同实行，过程又变得没那么难熬，反正一起努力就对了！

身体因为不习惯，整个训练过程开始有点儿头晕，老师说感觉不适就去睡觉，没关系的。既然如此，我也别无他选，只能去感受身体所显示给我的反应，需要休息时便休息。身体因为开始进行排毒而变得比较虚弱，这天的早午晚三餐也只有新鲜时令水果榨的果汁，想不到喝清甜的果汁会在这个时候为身体补充些微的能量，肚子饿的感觉也暂时得以舒缓了。

第三天 —— 没有食物到肚的"知识饱足"

是时候饿一下了。第三天是真正的断食天。除了早上继续喝柠檬盐水排毒，就没有其他的东西入口了，取而代之，是一课又一课的学习。早上的"气循环课"，大家围在大树下练习呼吸，又在瑜伽课上轻轻地伸展身体，比起昨天的虚弱，今天即使没有吃东西也感到精力充沛。下午上课时，老师分享了饮食观念，也跟我们分享了现代人的饮食如何影响健康、什么食物对身体有正面或负面的影响、什么是酸性和碱性体质、应该选择吃什么样的食物来调理自己的身体。我专心地听着，也努力地抄写笔记——还是第一次如此认真地听课。

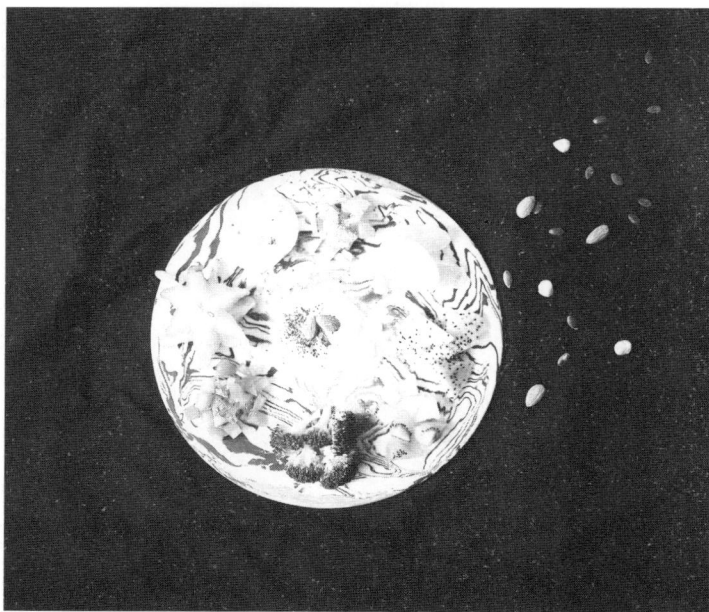

第四天 —— 首尝简单素菜的美味

排毒两天，断食一天，第四天早上起床梳洗时，发觉气色看起来有改变，皮肤看上去明亮了，身体也因为持续排毒而感觉轻盈了。我没有因为两天没吃食物而缺乏气力，甚至感觉头脑更清晰；最意想不到的是，再来第一天完全适应不了的静坐课，我也可以清空脑袋，静静地坐上一段比较长的时间，呼吸也更顺畅。

下午开始复食（对，其实真正的断食只有一天，所以算是很温和的版本），简单的果汁和水果，每一口也是满满的天然营养。晚上用餐时喝的蔬菜汤，温热的汤加上各种新鲜蔬菜，在饥肠辘辘的情况下，发现素食也可以如此美味！才吃完小小的一碗，竟然有点儿饱的感觉！老师说，这是因为断食后，我们对身体的感觉更敏锐，胃口也会因此变小，让人只是因为身体所需要而吃，而不是为了餐点丰富而过度饮食。

晚餐后，大伙儿一起去山上散步，我跟同行的 70 岁老太太一边走，一边听她诉说参加营队的原因。原来这已是她第二次参加，原因是之前经历了一场大病。她笑着说："很少像你这么年轻的女生自己参加呢！"我笑笑说是，而暗地里也庆幸自己的到来，唤醒了我思考健康的概念。

第五天 —— 素食历程的决定

最后一天，当然要再量体重！身体水分回到了正常水平，缺水的状况得到大大改善，体重也轻了两千克。可能因为我比较年轻，身体变化不是太大，但同队的朋友中，有个男生减了四千克，内脏脂肪也降低了！但我还是要提醒一下，参加断食营并不是为了减肥，不要期望人会变瘦变苗条，效果因人而异，好像后来我妈妈参加，体重就没有大变化。而对我来说，最重要的是解决了从小就困扰我的便秘问题。

临别的午餐，桌上那差不多十款素食餐点，从沙律、串烧到拌面，每一款都是非常美味的，彻彻底底地改变了我（大概也是很多人）认为素食等同单调乏味的看法，我也学会了一些食谱！ 最后，老师叮咛，短短几天的排毒断食不代表什么，最重要的是我们的饮食观念改变了，回家后慢慢实践才能找到健康的起点！

下山时我在想，这一趟五天的断食营，除了让我更了解自己的体质，也改变了我对饮食的观念。清洁了身体、净空了头脑，回家后明显地能感受到味觉、嗅觉也变得很灵敏，看到油腻和重口味的东西也不想再吃，反而很想吃水果和蔬菜。

记得离营后，我立即会合身在台北的家人继续旅行，在羊肉火锅店一嗅到羊肉的膻味就胃口全无了。之后在台北的几天也坚持吃素，最终在回港的飞机上，我决定要转为素食者。

对，短短五天就让我对食物的看法有所改变。知道了素食，或者看起来更好吃的"蔬食料理"不但易做也很好吃，我也开始喜欢上吃水果和喝果汁后轻盈清新的感觉，真正地意识到肉食为身体带来的负担：不少医学研究指出，肉食者的平均血压、血糖、脂肪及胆固醇比素食者要高。而肉类在肠胃中的消化速度非常缓慢，容易导致便秘及肠炎等疾病。此外，因为肉类属酸性食物，容易增加糖尿病，甚至是癌症的罹患率。我还学习到素食对心灵的正面影响。五天过后，觉得自己是从内到外改变了，也答应要对身体健康负责，决心改变饮食习惯。

p.s.1 很感谢断食营中的老师和同学们，你们使我的眼界开阔了，让我更明白身心灵健康的重要性，虽然，一开始我没有掌握得很好。

p.s.2 也提醒大家，柠檬盐水的分量和比例是由营队中专人照每个人的身体状况而调配的，需要视乎体质和向医生咨询专业意见，别自己胡乱尝试。

1.4

吃素 180 天：
最好也是最坏的开始

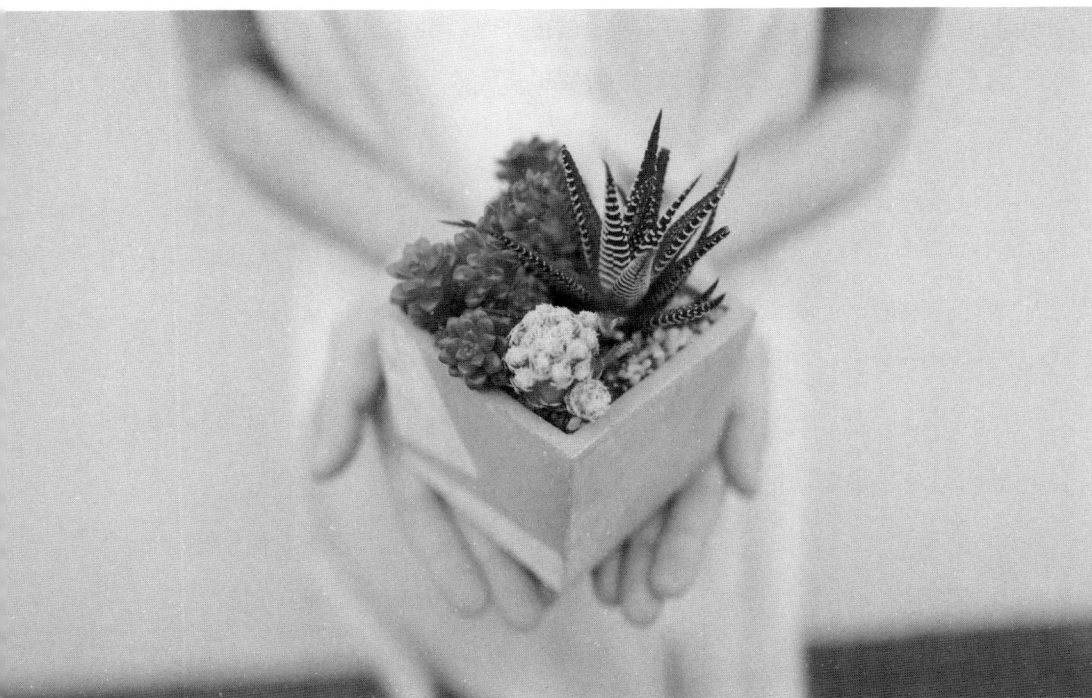

在台南的断食营中，我第一次接触到"瑜伽饮食观"，它是基于食物对心灵的影响，以及不伤生的"民胞物与"[①]人道精神考虑，把食物分为三种：悦性、变性和惰性食物。

悦性食物

悦性食物是指对身体、心灵都有益，可以帮助实现身体健康与心灵平静的食物。悦性食物包括主要的五谷类，如米、小麦、大麦；另含豆类及根茎类；也包括绝大部分的蔬菜、水果、牛奶及奶制品。

变性食物

变性食物指这些食物对身体有益，但对心灵无影响；或对心灵有益，但对身体无影响。变性食物包括茶、咖啡、朱古力、汽水和辛辣香料等。

惰性食物

惰性食物是至少对身体和心灵其中之一有害的食物，包括容易陈腐的食物、动物的肉、鸡蛋、菌菇类和五辛等。菇类因为是在阴暗与潮湿的腐木上成长，不受日照，所以亦属于惰性食物。

受到以上的观念所影响，决定成为素食者后，我重新规划了自己的饮食，并定了以下这几项"戒条"：

（1）不吃飞禽、走兽、鱼虾等动物的身体及其制品（如鱼露）。

---

① 出自宋代著名儒家代表人物张载提倡的思想，意指"视人民如同胞，视动物如同类"。

（2）不吃锅边素（如肉汤、把肉和菜炒在一碟的餐点）。

（3）不吃鸡蛋和菌菇类，因为我也相信瑜伽的素食观。

（4）少吃大豆制品，因为转基因大豆太多，而且大豆含雌激素较高。

单看这四项"戒条"，就知道我这个决定有多困难了吧？

起初只吃蔬菜、水果，暴瘦 11kg

确定开始吃素的我才刚满 24 岁，年轻却又不善厨艺。我只知道以前一直吃的很多食物不能再吃，要戒这样戒那样。一开始，我是猛吃蔬菜和水果，喜欢吃甜食的我更常常拿水果来当正餐。虽然我知道五谷杂粮也应该吃，却因为怕进食太多的淀粉质食物会变胖，所以有时宁愿挨饿也不想吃过度。可以想象，一开始我是真的"不懂吃"。

最初看见自己因为吃素慢慢瘦下来，的确很兴奋，毕竟我也是自己网店的半个模特儿，虽然很会修图但也不能老是让自己肉肉的脸上镜呀。可是，日子久了，我感觉到自己的精神不太好，便试着以运动的方法去让自己健康一点而开始跑步。

跑步的确让我感觉快乐了一点儿，每天跑步也让我克服了惰性，为自己养成了一个更好的生活习惯。不过，吃得不够但又勉强保持着一定的运动量，让我一直地瘦下去。体重从 58 千克跌到 47 千克，也只是几个月内的事。虽然身体变得轻盈，但心情却没有真的好起来。那段时间，我心里总是感觉很难过，胃口也慢慢变小了，甚至月经也停了大约半年。

直到有一天，我看到镜子中的自己，脸色苍白、四肢无力。现代人嘛，第一件事就去"请教"Google，我开始在网络上搜寻有关资料，明白了自己大概是得了轻微的饮食失调。感觉会胖的食物不敢吃，但又不停地在运动，我是对"瘦下去"的想法上瘾了。

之后我花了一些时间，重新认识自己，也从网上找到更多的资料，希望可以从其他"素食过来人"的经验中得到启发（这也是我写这本书的目的之一）。我发现，真的有人是本身饮食失调的，却以素食为借口，压根儿只是想减肥；反过来也有本身患有厌食问题的人，因为茹素而走出困局。

从一开始不懂"计素"，又不太了解"吃素"，到后来当我深入钻研的时候，才开始掌握究竟要怎样吃才对自己最好，前后经历了半年时间。吃素，不可以只吃蔬菜、水果，而是"谷、豆、蔬、果"都必须吃到，才能保证摄入充足的营养，才可以保持身体健康。吃得对，才有正面的能量。

最终，我不但希望不以食物支配自己的人生，我更要借着吃素，好好整理自己与食物之间的关系。

真正的旅程，现在才开始！

1.5

学懂计素
追求平衡

我有些吃素的朋友是因为宗教而坚持不杀生。他们大多是佛教徒，相信因果与轮回。这间接启发到我在爸爸过世后的一段时间在吃素，希望可以为他积福德。

还有些人则是因为对动物有怜悯爱护之情，基于人道精神考虑而放弃吃肉。其中有一个法国朋友，40岁，已经是二十多年的素食者。他转为吃素的原因就是不希望动物因自己的口腹之欲而受伤害甚至死亡。他经常在社交媒体上分享爱护动物的信息，把素食从个人饮食层面扩展到周边生活当中，可真谓菩萨心肠。

也有些朋友，选择吃素是为了让身心回归朴素，希望在灵性上的修习可以更上一层。另有一些较年轻的是为了环保，因为畜牧业、肉类食物的加工过程中所产生的碳排放比较多，同时耗费的能源也比较多，所以他们不吃肉，这一类朋友吃锅边素者比较多。

当然，也有人像我一样，为了自身健康而选择吃素。自从参加断食营后，我便开始喜欢上吃蔬菜、水果后轻盈清新的感觉，也意识到肉食对身体所造成的负担。这是在第一次为爸爸吃素的两个月后，恢复杂食时身体所出现的种种反应给我的启示。

当然在网上也可以看到不少学者和研究文章指出，人类的牙齿和肠胃结构其实比较适合素食，肉类对人类来说是难以消化的。这类学说偶有争议，大家可以自行判断其真实性。

所以，不要心急，不要觉得吃素是潮流、吃素可以让身材变好而开始吃素，只有清楚了解了自己想开始的原因，才有开始的动力和坚持下去的理由。

素食者的分界线

因由各异，不同人对素食有不同的定义，主要分以下几类：

蛋奶素 (Vegetarian)

不吃来自动物的食物和其相关制品，例如肉和内脏，但吃蛋类和奶类制品。据观察所见，香港的大多数素食者属于这类。

蛋素 (Ovo-Vegetarian)

除了蛋类，不会吃所有动物性食物和任何奶类制品。

奶素 (Lacto-Vegetarian)

不吃动物性食物和蛋类，但会吃奶类制品，包括奶酪、芝士等。

全素 (Vegan)

不吃肉类，连带一切有动物成分的相关制品也不吃，包括奶类、蛋类、燕窝、蜜糖等。

锅边素 / 方便素 (Flexitarian)

不直接吃肉类，但会从荤菜中挑蔬菜、豆类等非肉类来吃。

好，这时候我知道自己是不吃蛋类的奶素食者（转全素是后来的事）、有什么不能吃，那下一步就是确定自己能吃什么了。

"谷、豆、蔬、果"均衡饮食原则

究竟什么是自己可以吃的？这个问题让不少人伤脑筋。

曾经有刚开始吃素的朋友跟我说，因为每餐只吃青菜、白米饭，不懂吃豆类等不同种类的食物，根本感觉不到满足，所以拼命地找薯片、饼干等零食去填饱肚子。结果就额外多吃了添加了油、盐、糖，甚至是防腐剂和人造色素等高脂又非天然的加工食品！

另外一些就像刚开始的我一样，决心守戒，但又不知道要怎么吃才均衡，饮食变得单一化，最终出现了营养不良、贫血、容易疲倦无力等情况。为了解决这个问题，我便开始寻找素食者可以选择的营养替代食物，然后发展出一套"谷、豆、蔬、果"的均衡饮食原则。

在这套饮食原则中，我强调四种食物必须吃足够的分量，身体才可以吸收到均衡的营养。谷类以全麦面包、糙米、红米等为首选，以补充体力及能量；各种豆类则是重要的蛋白质来源；不同颜色的蔬菜、水果则主要补充维生素、抗氧化剂、胡萝卜素、茄红素、钾等。

推荐杏仁酱：补钙 + 蛋白质

要摄取钙，不一定要喝牛奶，可以从坚果（如杏仁、无花果干、奇亚籽）甚至绿叶蔬菜（如西兰花、羽衣甘蓝）中吸收。蛋白质可以在豆类、燕麦片、南瓜籽、藜麦等食物中找到，含量并不比肉类少！当然方便还是很重要的，我自己最喜欢吃的是外国很流行的杏仁酱（Almond Butter）。杏仁酱含有丰富的钙、蛋白质、铁、维生素 E，等等，而且有优质的不饱和脂肪酸，饱腹感也很高，甜甜的杏仁味会让人想一口接一口（当然也不能过量）。

还有欧米伽 3 脂肪酸（Omega-3），一般而言多存在于鱼类食物中，具有活化脑细胞、消炎等作用。素食者则可以从亚麻籽油及奇亚籽中摄取。我本身很怕亚麻籽油的味道，最近发现在亚麻籽油中加入 smoothie，就可以把味道掩盖掉！

另外，部分难以从素食饮食中吸收的营养素，素食者可以选择适当的补充品。

例如维生素 B_{12} 可以增强人体的免疫力和体力，也可以预防贫血，但它只能够从动物性食物中找到，所以额外补充是非常重要的。此外，维生素 D 可促进钙吸收，又能提高人体对伤风、感冒等的免疫力，也能维持人体的肌肉及心脏活动，可是一般的植物性食物中并没有维生素 D，除了由维生素丸和某些额外添加了维生素 D 的谷类早餐、杏仁奶、橙汁中吸收外，阳光对身体产生维生素 D 也很有帮助！所以，虽然我很怕晒黑，但现在也经常在阳光下散步。

最后谨记少吃寒凉、辛辣、肥腻的食物，因为会损伤脾胃，影响整体营养吸收。

贫血、虚寒凉体质需知

女生最留意的另一个问题，就是补血了。一般认为，铁可从肉类和海鲜中吸收，如果吃素的话铁的摄取量会不足。"我有贫血，脸色又苍白，每月也流失一定血量，食素不太好吧……"

患有轻中度贫血的我，吃素的头半年身体不习惯，偶尔会出现头晕、怕冷等状况，不过，之后多看了一些文章，发现多吃深绿色蔬菜如菠菜，部分干果、坚果和豆类如提子干、杏仁及红豆，含丰富维生素 C 的水果如苹果、葡萄等就可以帮助补充铁。闲时多焗一些桂圆红枣水、杞子黑豆水喝，也可慢慢补充铁。

但长期贫血的朋友，我建议大家去看医生检查原因，确定是缺铁性贫血还是其他类型，再跟医生讲清你的饮食习惯，这样的话，补充营养才会更准确。

曾经在 Instagram 上做过有关素食疑问的普查，我发现大多数女生留意的问题是："只吃蔬菜、水果会不会太过寒凉？"我自己本身就

是面色苍白、手脚容易冰冷的体质。的确，蔬菜和瓜类不少属于寒凉性质。这时候，烹调的方法就需要多费心思了。一些香料，例如，生姜、辣椒、葱等，在煮食时也可以多加使用，以中和食物属性。另外，我喜欢多吃补气的食材，如姜黄、栗子、核桃，等等，奉行日常养生之道。

选择吃素，要达到营养均衡，才可以长久吃下去。当然，我不是营养学专家，只是多年来积累了一点儿知识和心得，详细的食物选择和它们的营养价值，要靠大家自己多做资料搜集和对比。

手上掌握了基本的素食知识后，就需要实战——买菜、下厨了！

1.6

学会煮素
对身心负责

转为素食之后，我的家人一下子也适应不了要煮素菜的做法，加上某些广为人知的素菜如菌菇类我也选择不入菜，为了避免冲突，我便（也是唯有）尝试自己下厨。

我可是严重缺乏烹调经验的女生。从小只会偶尔帮妈妈洗米、腌肉、有机会才炒一两次菜的我，中学上家政课时也总是嫌弃做饭，觉得洗碗麻烦……因此，我只会煎肠仔、炒蛋、煮方便面。

但现在下厨是需要，更是必要。为了增加自己对下厨的兴趣，我从网上下载了一些煮食教学影片。谁知道一开始就停不下来了，只需要输入关键字，例如，Easy Vegan Recipe、Vegan Meals in under 15 minutes、Lazy & Cheap Vegan Recipe，便有数以千百计的素食料理教学影片。肉类不是红就是白，相对蔬菜、水果的色彩本身就非常吸引人，种类和做法更让人大开眼界，让我忍不住一段接一段地看下去。

而喜欢星级大厨的，Jamie Oliver 也有一系列 Vegan / Vegetarian

的食谱可以试试。美国、澳洲等地的 YouTube 频道都是我很想向大家推荐的。

新手上路，挑战隔夜燕麦粥

　　凡事要踏出第一步，最好是由浅入深。一开始我学习做的是"隔夜燕麦粥"（Overnight Oats），十五分钟内就可以完成。前一天晚上把植物奶、燕麦和奇亚籽混在一起，第二天早上起床时再切一些新鲜生果放上去，拌匀吃就行了。我是这样想的：愈容易的食谱，失败的概率愈低，那样继续下去的动力就愈大。而喜欢拍照的我，也由衣服风格再下一城，挑战食物的风格，而且非常享受。

混合了谷物、坚果、奶酪和水果的无花果奶酪，热烘烘的木瓜南瓜燕麦粥，夹着新鲜蔬菜和果酱的全麦面包三明治，等等，吃了两三年，到现在我还是很喜欢。

素食是生活。这样慢慢地开始煮食，拍下照片，再发到社交平台，想不到吸引了很多粉丝。久而久之，懒惰的我竟因此而培养起对煮食的兴趣，从早餐，发展至做沙拉、烤蔬菜、越式蔬菜米纸卷、南瓜浓汤。就连你最想不到的食物，例如肉酱意粉、汉堡包等，也有大量素食版本的食谱。

试过一次，感恩节的晚上，我为家人煮了素食大餐。虽然从头至尾，花了大约三小时准备，却非常有满足感。事实证明，素食不只是素食者的事，是任何人都可以尝试的！

不知不觉，为自己准备食物成了我的习惯，自己煮最健康、最省钱也最合胃口。某天喜欢浓一点儿的就多放些香草，想清淡些的日子就吃点生食、隔水蒸或白水煮的蔬菜、水果。身体慢慢因为多吃新鲜而少吃经处理的食物而健康起来。

而且煮食的过程有趣，也让我从日常繁忙的工作中抽身，学会放慢脚步（慢慢洗、慢慢切、慢慢吃）。为自己和爱的人准备食物，吃饭时分享食材和料理方法，是一件非常有意思的事。我也相信，吃的人会吃到准备食物时放进去的心思和爱。

除了要洗碗碟外，我还是很喜欢煮饭的！

YouTube Channel

Jamie Oliver

喜欢看他的饮食教学影片已经很多年了！现在他也提供素食（包括纯素）的食谱，不妨照着试一试！

Pick Up Limes

既有很多简单的一人份食谱，也提供素食者需要的营养知识。此外 YouTuber Sadia 也会分享她素食之路上的经验和简约主义等，很合适刚开始吃素的你。

Peaceful Cuisine

日本男生主理的煮食教学，包括纯素的主食、无麸质甜点等。一系列影片如其名字，画面和音乐也给人非常安静舒服的治愈感觉。

BLOG

Simple Vegan Blog（https://simpleveganblog.com/）

如它的名字一样，就是很简单的素食食谱！

Minimalist Baker （https://minimalistbaker.com/）

喜欢甜点的你一定会喜欢！既有全素，也有无麸质的食谱选择。除了甜点，同时提供正餐例如鹰嘴豆饼、松子青酱意大利面等的食谱。最重要的是，他们的照片拍得非常漂亮！

Instagram

@gatherandfeast

有不同类型的食谱，包括素食、纯素、无麸质饮食等，可以供不同人士参考。看着美美的食物造型照，会马上食指大动！

@rebelrecipes

植物性饮食厨师，也提供生机饮食（Raw Food Diet）的食谱，看着照片你将发现素食可以如此多样。

@sweetsimplevegan

除了提供很多自己下厨的素食主意，也分享外出吃饭时的食物选择。在这里可以看到素食者在生活中的点点滴滴。

1.7

素食友
原来是麻烦友

这是我最初转为素食者时的感受，或许也是家人朋友的感受吧。

有人会觉得蔬食料理单调乏味，有人会怕青草味，或者不喜欢咀嚼蔬菜的口感，但请相信我，如果你觉得蔬菜、水果不好吃而排斥蔬食的话，那绝对是因为你没吃过真正用心制造的美味蔬食料理。你能想象或者不能想象的烹调方式，煎炒煮炸、烧炖炆焗，或甜酸苦辣咸、东西风味、南北情调，素食应有尽有。

开始吃素以后，我并不觉得准备素食麻烦，当然也不觉得沉闷。但下一个困难，就是和朋友家人外出吃饭了。

➤➤ 我和哥哥在台北的餐厅里，他吃他的狮子头（猪肉球），我吃我的麻婆豆腐（无肉饭），是非常美满、好吃的一餐。

从小到大一直算是食肉动物的我，吃素的路并不平坦。因为家人、身边的朋友大部分是肉食者，而且外面照顾到素食者的普通餐厅并不多。外出聚餐时，香港人最喜欢吃的火锅、韩烧、煲仔饭——通通没有我的份儿。为了不让他们觉得不好意思，也不想每次都要别人迁就我，有一段时间这类饭局我一概不参加。

有时真的想见见朋友，就试着去大排档吃饭，问服务生说："我吃素，有素食的菜式吗？"他回答说："今天海鲜好新鲜，蒸鱼也不错的哦。"我跟他表示其实素食是不吃海鲜的，"不是吧，鱼也不吃，那你还可以吃什么啊？"眉头一皱的大排档服务生如是说。我也只好苦笑，最后这餐饭，我吃了蒜蓉炒小白菜和白米饭就已经心满意足了。虽然如此，朋友还是觉得待我不周。

而吃素初期，我也发现在外面餐厅吃饭，根本就吃不饱。作为非素食者的你也许会问："中餐的罗汉斋可以吃吗？西餐的黑松露意粉也可以吃吧？"

罗汉斋中大多会使用素肉制品，而所谓素肉是经过很多加工程序制成的，常常吃就等于吃进大量调味料和食品添加剂。至于黑松露意粉……的确，一般素食者也会吃菌菇，而且菌菇贵为山珍，其鲜味也是受到不少人追捧的。但菌菇生长在阴暗潮湿的环境，所以被视为"湿"的食品，敏感、湿疹患者其实不宜吃菌菇（会加剧炎症）。而在瑜伽的食物观上，菌菇是惰性食物，会引起懒惰、疾病和心灵迟钝，对心灵有害。所以，这些我也选择不吃。

无肉＝素食之陷阱？

"那么，到所有餐厅就直接点蔬菜，便没问题了吧？"

非也。素食者需要小心地了解食物中有没有添加任何动物性材料，例如泰国和越南等地的东南亚菜式，即使看起来只是青菜没有肉类，调味料也有可能用到鱼露，青木瓜沙拉便是一例。日本菜则要留意汤水或汤面，因汤头有可能是由肉类或鱼类熬制的。中式煮菜，也不时添加鸡精或使用高汤。西式的意粉酱，也会含有忌廉（奶油的一种）、芝士甚至肉粉等。

有点儿麻烦吧？没办法，香港很多餐厅暂时只能做到"无肉"，而不一定是"素食"。于是，你能够想象在任何一间餐厅坐下后，素食者要想多久问多少，才能决定要吃些什么吗？要处理这些问题的确不容易，但作为决定要转变，而且相信转变是好事的我，只得花时间来慢慢让家人明白、接受，甚至变成现在会特别煮我爱吃的东西一起吃。而我自己也做了不少功课和吃过不少"难捱"的晚饭，才学会与不同饮食习惯的朋友的相处之道。

"素食友原来是麻烦友"，这是我始料不及的。但这三年的"身路"跟"心路"历程，证明了素食非但不麻烦，甚至会让我成为家人和朋友认识素食、更享受素食的源头。

1.8

别当个
"无所谓" 的素食者

    素食者看上去好像很"麻烦"。的确，在吃素的初期，我被家人、朋友视为麻烦，尤其是我锅边素不吃、素肉制品不吃、菇类也不吃……结果，所有饭局，为了避免尴尬，我都试着避开。只是，心里当然还很想见家人和朋友的。

    不过，现在的我（和身边大部分人）已没有这想法了。既然"问题"是由我而来，我就主动去找一个让大家舒服的方法——既可以见朋友，也可以一起吃饭，喜欢的可以跟我一起吃餐素，不喜欢的他们可以继续吃爱吃的肉，我也可以继续当我的素食者！

避免尴尬的 4 个聚餐小贴士

只要做到以下几项，会发觉坚持素食也不难。

● 主动提议餐厅选择

很多时候，其实并非身边朋友不想迁就你——而是他们本来就没吃素的经验、对素食也没有清楚的概念，即使有心安排，也不太清楚素食者究竟有什么选择。记得有一次，朋友在聚餐时选了家法国餐厅，主菜却没有素食选择，于是她走过来特地向我道歉，我在这个时候才想起，我有责任提议选哪一家餐厅啊！

一开始，我最常用的就是 Openrice，因为它方便，直接打"素食、无肉餐厅"就可找到素食餐厅。但后来，我更喜欢关注、浏览一些 Facebook 群组，例如，"香港素食"(https://www.facebook.com/hkveggie2015)、"素食青年"(https://www.facebook.com/groups/veggieyouth/) 等。那里有很多志同道合的朋友分享素食餐厅和提供素食餐点的餐厅，也会推荐一些好吃的东西。其实一打开他们的主页，食物照片就已经让人垂涎三尺了！

此外，我记得之前 facebook 上有朋友制作过全港素食地图，其实每一个港铁站，至少有一两间素食餐厅在附近。而"素边到有得食"也是一个很方便的手机应用程序（App），无论在哪里，只要打开这个 App，就可以找到附近的素食餐厅了。

平常我也喜欢多留意身边素食朋友的介绍，一见到想试的就记下来，后来，连一开始接受不了我转吃素的妈妈也会主动留意传媒的介绍和报道，就这样，需要找餐厅的时候，脑里已经有很多"存货"，可以随时选择了！

● 用餐前做餐厅的资料搜集

这适用于普通提供肉食，却不知道是不是同时提供素食选择的餐厅。你总不想和朋友到了餐厅之后，才发觉自己没什么可以吃吧。

要避免自己没趣、朋友也会觉得不好意思的尴尬场面，平时在朋友提议选择餐厅后，我会先上网查看餐厅的菜单，看看有没有素食餐点。有时候，遇着餐厅真的没有素食选择（例如，日本菜和泰国菜），我便会试着直接打电话去问："我是素食者，海鲜、蛋奶也不吃，请问你们餐厅有其他选择吗？"很多时候，大部分（尤其是非连锁式）餐厅，会主动提供其他选择，或者提议以其他蔬菜代替肉类或"走肉"去烹调类似菜式。

这也是我喜欢到小店吃饭的原因，有时候，吃素是真的很靠人情味！其实素食在香港愈来愈普遍，像我曾经到过的餐厅中，大部分欢迎素食者。最近有印象的其中一间是中菜餐厅，那天突然很想吃麻婆豆腐

的我，正在苦恼麻婆豆腐里的猪肉末，点菜时大胆地告诉老板娘我是素食者，她主动跟我说可以走肉！实在太感动了……其实我也很喜欢吃麻辣的啊（可是在吃素以后都没吃过）。不过，提醒大家，最好还是先打电话通知餐厅，这样一来他们有准备，也乐意招待；二来自己又吃得开心，朋友也可以吃到他们喜欢的食物！

● 自制素饭局

在外国十分流行家庭聚餐，之前我独自去法国工作时到当地人家中做客，他们特别为我准备了素菜。其实，素食最重要的就是买到新鲜的蔬菜、水果食材，五谷、坚果、豆类家中可以常备，烹调过程可以简单可以复杂，看自己想吃的到底是什么。

家庭聚餐不单让自己和家人朋友有更多时间不受拘束地聚聚聊聊，还可以分享各式各样的食物，选择不受餐厅限制。懒一点儿的，可以用手机订购外卖，想吃什么就分别在不同的餐厅选择，也是一个好办法。

● 对自己负责

切忌抱着"无所谓，迁就大家吧"和"你们吃，我坐下喝杯东西就可以了"的心态去跟朋友聚餐。你以为自己"好相处",其实不然,整个饭局容易因为你这样想而尴尬起来。

做到这点,对我来说也绝对不容易。以前我总是很想迁就朋友,"特地"忽略照顾自己。到后来,我发现,这样"唔使理我"根本不会让他们感到方便,因为他们是爱我的,不想看到我空着肚子坐一整夜!反而,假如你自己做决定,主动提议一下去哪家餐厅、要点什么菜式、怎样吃饱,才会让爱你的他们放心。清楚地向身边的人解释自己的饮食习惯,就如因为宗教信仰而有特定饮食习惯的人一样,是对自己和身边的人负责任。

每当身边人愿意和我到素食餐厅,我总是心存感激,不会觉得别人的迁就是应该的。而让我感到最快乐的,是身边的人被慢慢感染,对素食开始产生兴趣。有朋友想吃素时,会发信息问我有没有好的素

食可以介绍。有时候我在素食餐厅吃饭时上 IG 发 Story，会有不少人给我发私信感谢我的介绍，他们下次也要试试看。这大概就是作为一个素食者，在满足了自己的口腹以外最大的满足感吧！

　　所以，素食友并不麻烦，而且能为身边人提供更多饮食的选择，甚至是生活的选择！

1.9

30 天不喝牛奶
解决暗疮问题

当大家慢慢习惯了我的素食坚持，我又为自己和身边人制造了另一个麻烦——戒奶！

吃素接近三年了，一段不长不短的时间。我从食肉动物转为素食者，主要是考虑到健康问题。即使我原本已经少吃鸡蛋，但牛奶和奶制品仍是我的最爱……不过，因为一个原因，我决定要跟这个"长期最爱"道别。

一个一直困扰着我的问题，也是女生（甚或男生）最介意的问题，就是"青春痘"。老实说，虽然我已经吃素了一段不短的时间，但有时候，对于一些喜欢的食物，我仍会控制不了而多吃。尤其是涂满牛油的面包、曲奇饼、芝士拼盘、水牛芝士沙律、牛奶咖啡……全部都有牛奶成分。

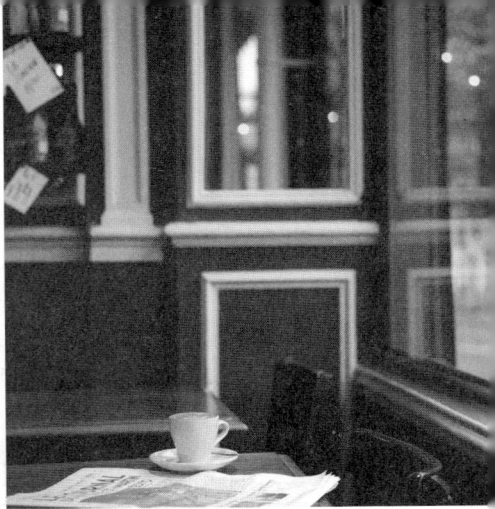

→→ 30 天的欧洲之旅，密集地进食了许多奶制品，但的确很好吃。

转折点是 2017 年的夏天，我到欧洲旅游了一个月。相信去过欧洲的朋友，也会同意他们的芝士是特别好吃的吧。随着每一餐接触到大量奶制品，可怕的事就发生了……

一发不可收拾的痘痘问题

是的，从十多岁开始，我就有"青春痘"问题。虽然不是很严重，也非大范围，但有些地方总是很容易长暗疮：下巴、额头和脸颊。通常，皮肤每一两个月就会出现这样的状况，我一直以为是因月经来临前后激素变化引起的，就在暗疮比较厉害的那几天，少喝咖啡，吃得也更清淡。

但这次情况不同，在旅途开始了十多天后，我发现有些位置开始不停长出新的痘痘，右边脸颊上还长了一堆小暗粒（痘痘）。记得有一个晚上，半睡半醒的我突然感到脸上一阵刺痛，没在意，喝了杯水就忍着痛继续睡，到第二天起床，我看着镜子，大叫"天啊！"脸颊上那些小痘痘开始发红和肿胀起来……有的还渗出水来。看上去不像是普通的暗疮问题，似乎有受到感染的迹象。由于我的皮肤看上去实在太可怕，所以在旅途中的照片没几张是拍自己的……心想别浪费了漂亮的景色啊。

最重要的是，回港后第二天有个拍摄工作需要上镜，但伤口还在发炎，化妆也遮不掉，只好麻烦摄影师哥哥替我后期修图。

戒奶制品，皮肤恢复光滑

我在网上对"奶制品和粉刺"进行了一些研究之后，发现牛奶所含的激素也很高，而油脂过多会让细菌滋生，导致毛孔堵塞而产生痤疮。其实也蛮直接的——如果你想要好的皮肤，戒掉奶制品是最有效的方法之一。因此我回来之后的第一件事，就是开始"30天不喝牛奶"的挑战！假如30天后我的皮肤状况没有改善，我应该以后也不用担心喝牛奶皮肤会变差……

不过，这并不是件容易的事。平日早餐爱喝咖啡、吃奶酪的我，现在要从网站和群组搜集纯素食材的信息，才知道其实市面上有很多牛奶替代品，戒掉奶制品不等于必须牺牲所有美食！只要细心找，你会惊讶于有多少种植物奶可供选择：杏仁奶（以及所有类型的坚果奶）、椰奶、燕麦奶，等等。另外，要小心的是，注意日常食物有没有含奶的成分，特别是面包或甜点。

为了可以排毒排得更快，我恢复了每天早上跑步的习惯。因为我本身就很爱出汗，跑步正好可以让皮肤的毛孔打开，也可以让自己的精神好一点儿。一个星期后，我没有再长出新的粉刺，原本很严重的地方也开始消炎；两星期后，痘痘开始凋谢，皮肤慢慢复原。到 30 天后，脸上不但没有再长新的暗疮，就连以前留在脸上的暗疮印，也在慢慢减淡，毛孔细致了，感觉就是非常清爽。

不用我说了吧，为了漂亮，女生可以把任何习惯都改掉，而皮肤一向都是身体状况的代言人。自此，原本嗜奶如命的我决定由奶素转为全素。

虽然奶制品真的无处不在，但"戒奶"并不如想象中要吃得很"斋"，后来，我更为自己每天发现的新食材和配搭而感到兴奋。当然，偶尔仍会十分想念香浓咖啡上的绵密奶泡，以及奶油与芝士的质感和味道，但为了有更好的皮肤，更好的身体，同时也出于消费良心上的考虑，尽可能减少为动物带来痛苦，我决定坚持下去。

最后，要提醒大家，暗疮形成的原因多而复杂，未必完全与奶制品有关，加上每个人的体质不尽相同，也未必人人都适合纯素饮食。在尝试任何方法之前，最好还是先征求医生的意见。若担心身体一时间不适应的话，也可以按部就班试试，先从减少摄取液体牛奶开始，再一步步戒掉其他乳制品。

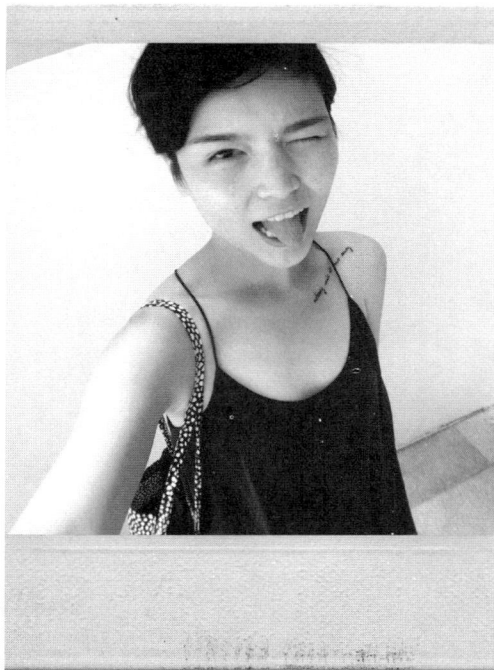

➤➤ 左边是戒掉奶制品的两个星期后；右边是戒掉奶制品后大约三个星期后的素颜照。

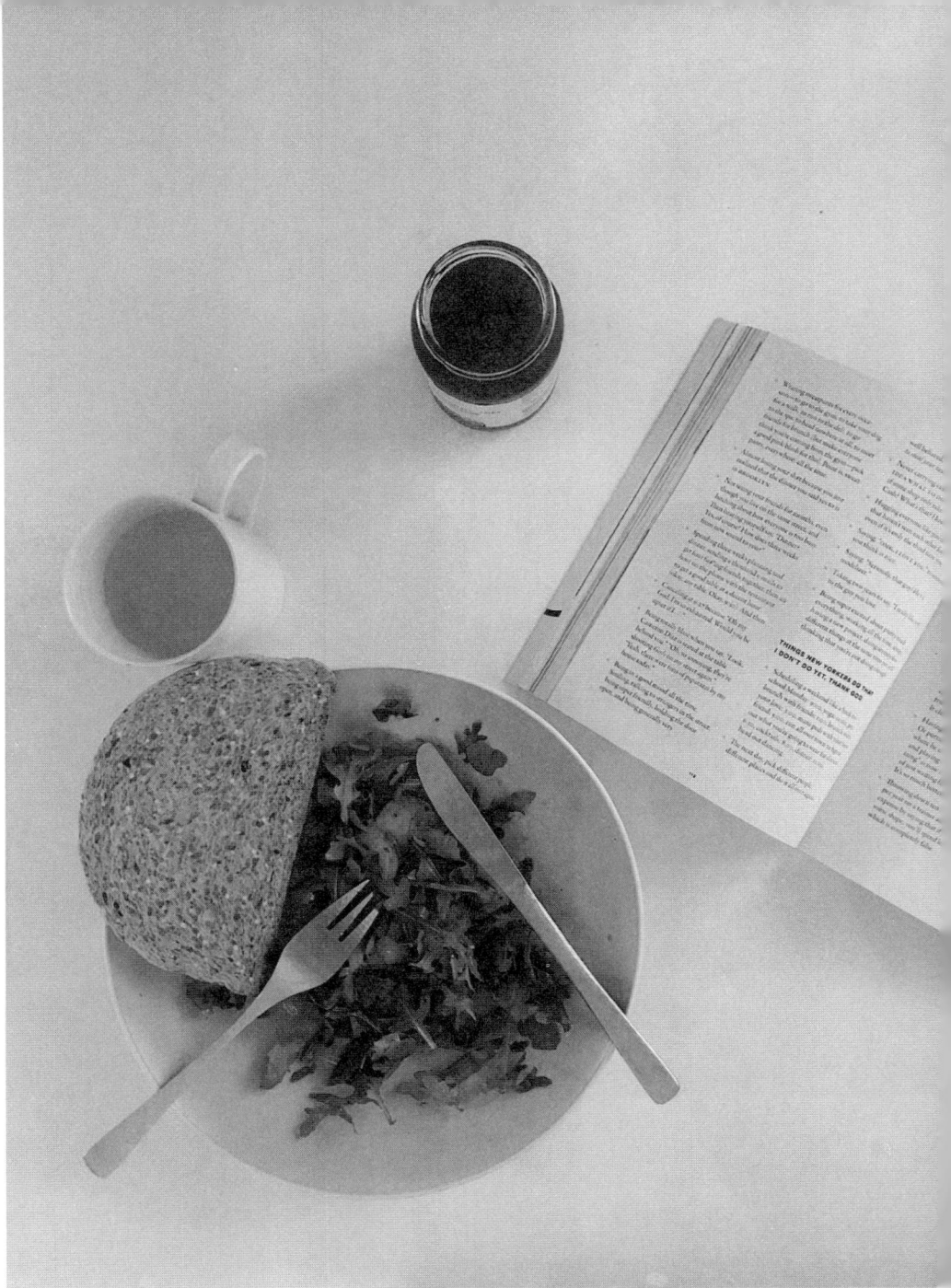

➔➔ 把奶油换成果酱，有何不可？

PART

2

素食是

一种生活态度

2.1

无蛋奶饮食带来的
4个改变

顺利完成"30天不喝牛奶"的挑战后,我成功地击退了脸上的暗疮!

脸上也再没有长新的痘痘。每当我跟朋友回忆起在欧洲时不堪入目的情况,他们老是盯着我的脸,然后半信半疑地说(或想):"现在皮肤好好喔,都是因为吃素吃了这么久的缘故吧。"

其实,这是因为再没有吃奶制品(我本来已经不吃鸡蛋)。有趣的是,当你再不吃奶类和蛋类制品,你会发现市面上许多很基本的食品,也不可以再吃了!也许,生活上有改变,外出用餐也就更难。然而,这些不只让你更留意自己的饮食,其他的好处亦会渐渐出现。

改变一: 学会阅读食物标签

在决定纯素饮食之后,必须学会检查食物标签。这个时候,你会花很多时间在超市的货架前,慢慢阅读手上东西的标签。为保持味道、增强口感或增加营养,一些食品添加剂如乳清和乳化剂,会存在于市面上许多的谷物棒、面包和即冲饮品包里。我怎么也没想到,原来有这么多"以为"是纯素食的食物,实际上含蛋、奶。就像我最喜欢,也是很多素食者普遍会吃的朱古力、饼干、粉面甚至面包都含有蛋、奶成分。

所以,你要对乳化剂(Emulsifier)、乳清(Whey)、酪蛋白(Casein)等名称保持警惕(这个过程很考验英文水平和眼力)。值得注意的是,意粉和拉面等淀粉类食品,很大部分含有鸡蛋。一些人造甜味剂和高果糖的玉米糖浆、氢化油及食品染色剂等,吸收太多也会影响健康。

改变二：大幅减少吸收精制糖分

有趣（或恐怖）的是，当你不再吃奶和蛋，你会发现市面上有98%的甜品你是不可以吃的。不管是那一间日本新来港开的店里的松饼呀、那一间店里有名的千层蛋糕呀，还有那些芝士蛋糕、牛角包，诸如此类，对不起，它们都是用鸡蛋和牛奶制成的。甚至是从小吃到大的白方包、菠萝包……90%以上为了使口感更软和味道更香而添加了蛋奶成分（尤其是那些你可以在连锁面包店找到的）。结果，那个本来属于你的生日蛋糕，也不能吃了，松饼不再是你的早午餐选择之一，就连心情差的时候，想吃的双球雪糕也不可以再吃。

停止吸收大量糖分后，头几天身体会出现一些症状，也许会有点儿头痛、常常想睡、心情不好，那是因为现代人普遍对糖分上瘾。不过几天后，情况会慢慢变好：精力更好、思路更清晰、皮肤慢慢变得明亮，甚至连久久减不了的那两千克体重也自然地减掉了。当然人生也不需要完全戒去甜味（毕竟，对我来说，人生意义就是可以吃甜），来自新鲜水果的果糖，或是一瓶龙舌兰蜜是不错又健康的选择。（但也不要过分地吃！）

改变三：更难跟朋友同桌吃饭

当你进一步由蛋奶素转为纯素食时，外出用餐会变得更难。因为在大多数普通餐厅，提供的纯素菜式是很少很少的。我们很容易忽略的是……下面几类。

（1）西餐：薄饼上的芝士、沙拉酱汁中的奶酪、浓汤中的忌廉、意大利面里的鸡蛋；

（2）中餐：炒饭里的鸡蛋，面食如拉面也可能含有鸡蛋成分；

（3）东南亚餐：炒饭和炒面里的鸡蛋，汤头中的牛肉、鸡肉，各式菜品中的鱼露。

但正如前篇所说，不要把转变只看成困难，要把它看得更广阔！

我的建议是选择素食餐厅（因为大多数素食的地方会明确说明菜肴是纯素的或含蛋奶的），现在吃到的纯素料理其实也很多样化，既美味，又漂亮。或者，寻找独立的餐厅，提前打电话问问是否可以为你安排素食菜肴——当然有些厨师没办法改变自己的食谱，但我也遇到不少好厨师愿意接受这个挑战。

改变四：更加关注食物营养

"你从哪里吸收蛋白质？""你从哪里摄取足够的钙？""铁呢？"这些都是转为纯素食后，我最常听到的问题。虽然人们会认为鸡蛋、奶制品和肉类是蛋白质的最佳来源（最佳是指最容易摄取到身体所需分量），甚至从小到大都以为补充蛋白质只能吃蛋和肉，补充钙就必须喝牛奶，这大概是我们从广告信息里吸收到的最多的信息，不知不觉地使自己对营养的认知变狭窄了。

实际上，要吸收好营养也有很多的素食选择！奇亚籽、藜麦、豆类、西兰花，甚至像菠菜这类的绿叶蔬菜和坚果等也可以提供蛋白质。我最喜欢在早餐的果昔中加入奇亚籽和坚果酱，正餐时，以藜麦作为米饭和面条的替代品（也是无麸质），加上煮熟的西兰花拌匀而成的"捞饭"。大家不妨多参考可信赖的营养学和医学信息，从而去选择一些对身体有正面影响的食物。

这四个转变，慢慢地会让你发现，自己已经成为一名"半职业"的营养师！好好照顾自己，多吃天然、无负担的食物，你的身体会用它更美好的状况去感谢你。

2.2

Good Day
美好早餐提案

"早餐钱……还是省下来当零用钱吧。"孩提时代的你，有这样想过吗？

这几年来"要吃早餐"的风吹得很旺盛，"早餐"也好像成了新派健康主义的代名词，"要吃早餐""早餐要吃得有营养"，变成了朋友之间最常听到的话。假日来个早午餐、床上吃早餐（Breakfast on bed），甚至和朋友约会吃早餐，很多以前从来没试过的事，如今都一一尝试过了。

愈来愈追求健康的我们，虽然知道茶餐厅的 ABC 餐和茶楼的一盅两件很美味，但也不可以每天吃啊（那些油和盐的量也太惊人了）。要吃得均衡，最好就在家里准备。充满营养、容易饱、易做、便宜、看起来漂亮、吃起来也非常满足——这里来分享四种全素的早餐"方程式"，只要按食材的类型稍稍改变款式，你就可以炮制出千变万化的纯素早餐。

全素早餐"方程式"

绿果昔

Power Green Detox Smoothie

准备时间：5 分钟

材料：

香蕉——1 根

小麦草粉——1 汤匙

杏仁酱——1 茶匙

杏仁奶——1/2 杯

冰块——适量

做法：

把所有材料放进搅拌机搅拌 1 分钟即成。

小麦草粉在营养学上是有名的好食物，含有丰富的矿物质、蛋白质、维生素和叶绿素，还能有效地补血、排毒，甚至调和酸性体质。每天吃一些对吃不够蔬菜的人有很多好处。

紫果昔

Acai Banana Nut Smoothie

准备时间：5 分钟

材料：

香蕉——1 根

蓝莓—— 20 粒

巴西莓冷冻干燥粉——1 汤匙

杏仁酱——1 茶匙

杏仁奶——1/2 杯

冰块——适量

做法：

把所有材料放进搅拌机搅拌 1 分钟即成。

巴西莓粉除了含有丰富的钙，抗氧化能力还很强，对爱美的你很

合适！但要提醒一下，不去皮的水果在吃前最好在水里浸泡一下，把表面的农药或其他物质洗干净。

Homemade 小贴士：

（1）试试头一天把香蕉放进冰箱，冰冻了的香蕉搅拌出来口感很像雪糕；喜欢的话再切一些水果，连同谷物早餐、椰丝放到果昔上面，就是国外超流行的 Smoothie Bowl 了！

（2）别小看那一小匙的杏仁酱，除了充满优质脂肪外，会让果昔喝起来更香，有淡淡的果仁味。

香蕉椰奶燕麦粥

Banana Coconut Oatmeal

准备时间：10 分钟

材料：

香蕉——1 根

原片燕麦——4 汤匙

果仁——3 汤匙

椰奶粉——1 汤匙

奇亚籽粉——1 茶匙

腰果酱——1 茶匙

龙舌兰蜜——1 茶匙

水——1 杯

做法：

先把燕麦和常温水放进煲内，用中火煮沸；转至小火并加入椰奶粉。7分钟后熄火，加入腰果酱及龙舌兰蜜搅拌。香蕉切片放上面，最后撒上果仁及奇亚籽粉即成。

Homemade 小贴士：

（1）原片燕麦吃上去口感更佳！

（2）香蕉可用另一种食材取代，士多啤梨、蓝莓、南瓜等。只要有创意，你也可以创造出不同口味的食谱。

牛油果多士

Smashed Avocado Toast

准备时间：15 分钟

材料：

全麦吐司——1 块

牛油果——1/2 个

圣女果——3 颗

龙舌兰蜜——1 茶匙

意大利甜醋——1 茶匙

柠檬汁——1/2 茶匙

黑胡椒——1/2 茶匙

海盐——1/2 茶匙

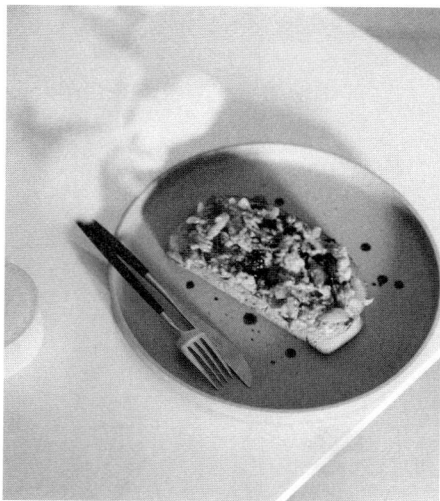

做法：

先把吐司放进预热 150 度的焗炉烘烤，3 至 5 分钟便会变酥脆。将牛油果切半，去皮去核后放进碗中，用叉子把它压成蓉，与龙舌兰蜜、柠檬汁、黑胡椒及海盐拌匀，加上已经切成小丁的圣女果，均匀地涂在烤好的吐司上，最后可以随自己喜欢再洒一点儿意大利甜醋调味。

Homemade 小贴士：

（1）意大利甜醋可以令圣女果吃起来层次更丰富。

（2）除了全麦面包，也可以采用酸种面包——口感味道更好！

不知道你是否跟我一样，有时候对喜欢吃的东西，可以连续吃一个星期，甚至好几个星期。秋天和冬天的时候，早上起床，手中捧着一碗温暖而甜甜的燕麦粥，总有种幸福感。燕麦粥的变化相当多，只要加上不同的配料，相信我，再不是那种外婆早上吃的清淡无味又没有口感的麦皮。而且不要小看这一碗的分量，因为有丰富的纤维，很容易感到饱，热量也不高，适合追求健康的女生！

放下，也许是得到更多之始

以前的我爱涂奶油，其香味对我是极大的诱惑。全素以后转为涂果酱、花生酱或杏仁酱，尤其是香浓的杏仁酱，撒上果仁碎，搭配烤多士是我的最爱。虽然饮食习惯改变了，但我从来不觉得有很多食物再也不能吃了，反而很多以前并没有发现的新选择出现了，就像果仁酱、酵母做的素芝士、全素"蛋糕"、天贝，等等。

不要觉得自己转吃素就"要放弃自己喜欢的食物"，只要你肯打开既定思维的缺口，尝试着去发现、去感受，美味的素食其实很多，都可以满足爱新鲜的你。甚至一些你很喜欢的菜式，像汉堡包、炸鸡、甜点，等等，要把它们改造为全素的版本，其实一点儿也不难。

我依旧爱吃朱古力，也爱喝咖啡，并没有因为转食素而放弃这些喜好，反而我对每次有机会吃到更健康的食物而感觉很幸福。

困难的，可能就是一开始的时候，下定决心的时候。

我认为，这个道理适用于生活的每一个层面。执着之前，尝试探头看看外面吧，那里的惊喜和可能性，远远比你想象的更多。

2.3

清新午餐的
满满能量

工作忙碌的日子，常常要在外面吃饭，比较油腻，所以每次有空闲在家准备午餐，我就喜欢弄口味清新一点儿的。当我从市场上买到新鲜、应季的蔬菜、水果，就会给自己弄一个沙拉。吃食物的原味，简单、健康、好吃。

吃沙拉的好处，就是把新鲜蔬菜、水果的好通通吃下去。现在流行的健康主义"Raw Food Diet"（生机饮食），就是吃没煮过的食物，以蔬菜、水果为主；或者以低温（41℃以下）慢煮的食物（亦可分为素食和非素食）。这个概念就是想要保持食物最天然的状态，以摄取一些由于高温烹煮而会流失的营养。

虽然蔬菜的原味很丰富，有甜也有苦，可是有一些人不喜欢未经烹煮的青草味。这时候合适的酱汁就可以派上用场了。然而，市面上找到的沙拉酱的成分未必健康，我鼓励大家尝试自己"混酱"。

在成为素食者以前，我根本没有想过世界上有这么多好吃的蘸酱，鹰嘴豆泥、牛油果酱、茄子芝麻酱等这些早在国外火热流行一段时间了。无论用它们配上面包当主食，还是配上西芹、甘笋条当小食，都好吃又健康。这里分享一个我在茹素以后最喜欢的蘸酱——鹰嘴豆泥酱的做法。

鹰嘴豆含有丰富的蛋白质和纤维，非常适合全素者做营养补充。而鹰嘴豆泥本身是中东的特色美食，味道出众，丰富的蛋白质与纤维吃上去让人很容易有饱足感。

鹰嘴豆泥

Hummus

准备时间：20 分钟

材料：

鹰嘴豆——400 克

清水——1/4 杯

特级冷压橄榄油——1/4 杯

中东芝麻酱（Tahini）——2 汤匙

大蒜——1 瓣（切碎）

柠檬——1/2 个

盐——适量

黑胡椒——适量

孜然（Cumin）——适量

做法：

将鹰嘴豆罐头内的水倒走，与清水、橄榄油、芝麻酱、大蒜、柠檬汁放入搅拌机。待鹰嘴豆打成泥状后，加入适量盐、黑胡椒和孜然调味，再搅拌至番茄酱般顺滑。如果质感太浓稠，可以逐渐少量加入清水，尝过后可再逐渐少量加入柠檬汁、盐、黑胡椒和孜然等调至喜欢的味道。

Homemade 小贴士：

（1）若以鹰嘴豆罐头内的水代替清水制作蘸酱，会令成品味道更浓。

（2）如果当蘸酱涂多士吃，可以留几颗鹰嘴豆放在上面，也可以撒上橄榄油、红椒粉，卖相及味道都会更精致。

（3）配上烤过的墨西哥饼（Tortilla），把鹰嘴豆泥满满地涂上去，再加入喜欢的青菜、玉米、茄子等卷起，就成了好吃的卷饼！

（4）吃不完的鹰嘴豆酱可存放在密封的玻璃瓶内，再放进冰箱，待吃的时候就更方便了。

不方便日子里的一碗热汤

有时候，特别是女生不方便的那几天，午餐不想吃冷冷的沙拉菜，想吃暖和一点儿的，我介绍大家做两款浓汤。这两款浓汤是我之前在有机食物餐厅尝试过的，又依照厨师的做法改了一点点分量——把牛奶换成椰奶，味道依然好，更有淡淡椰奶香。

青豆浓汤

Green Peas Soup

准备时间：30 分钟

材料：

冷冻青豆——400 克

薯仔——1 个（切粒）

洋葱——1/2 个（切碎）

大蒜——1 瓣（切碎）

蔬菜高汤—— 700 毫升

椰奶——300 毫升

罗勒——适量

香菜——适量

橄榄油——适量

做法：

先用少许橄榄油爆香洋葱和大蒜，约 3 分钟后加入蔬菜高汤及椰奶煮沸，再放入薯仔，调至小火煮 15 分钟至薯仔变软。之后，把已解冻的青豆放另一煲中，清水煮大约 5 分钟（切勿煮太久，要不然会失去青豆的味道）。之后，把两煲食材、罗勒、香菜放入搅拌器搅拌至顺滑即可，尝过后可按个人喜好以盐和黑胡椒调味。

南瓜浓汤

Pumpkin Soup

准备时间：30 分钟

材料：

南瓜——600 克（切粒）

洋葱——1/2 个（切碎）

大蒜——2 瓣（切碎）

蔬菜高汤——700 毫升

椰奶——300 毫升

迷迭香——适量

橄榄油——适量

做法：

先用少许橄榄油爆香洋葱和大蒜，约 3 分钟后加入蔬菜高汤，煮沸后把南瓜放入汤中，中火煮约 10 分钟待南瓜变软，再加入椰奶及迷迭香搅拌均匀。此时可以调至小火再煮 10 分钟左右，最后倒入搅拌器搅拌至顺滑为止。

Homemade 小贴士：

（1）在汤上撒上一点罗勒、香菜等香料及橄榄油，再加入一些喜欢的果仁，口感会更丰富，风味也更佳。

（2）青豆汤留几颗熟青豆，南瓜汤留几粒熟南瓜，最后放在汤面，卖相立即提升！

2.4

3 个轻食晚餐
小点子

晚餐吃什么、什么时候可以吃，这大概是都市人每天面对的最大难题。好不容易才下班，有时候累得不想回家自己做饭，即使真的有动力进厨房，做完一身汗水胃口又大减。

另外，以一般香港家庭的习惯，晚上才是一家人聚在一起的时候，所以大家往往都吃得多。但不少有关健康的文章均指出，晚餐的重要性其实远比早餐和午餐低，主要原因是晚餐距离休息时间太近，体内还没有完成消化就开始睡觉，长久下去会造成胃部不适。而且，早、午餐摄取的能量在日常工作与活动中保持消耗，但人们吃完晚餐不是看电视就是倒头大睡，能量消耗少，会导致肥胖。

因此，我的习惯是晚餐能早吃就早吃（尽量在晚上 8 点前完成），而且要吃得健康，足够便可，不要太饱。一些口味变化多又开胃的简单餐点就是最佳选择！

向东京餐厅偷学的开胃菜三款

曾经有一次，我在东京的居酒屋吃饭，那儿的蔬食前菜每一碟都极度精致，小小的分量却有不同的创意，加上少油、少盐的简单做法，每一口都非常清新，难怪日本人普遍长寿、身材匀称！回家后，我尝试参考着利用简单的食材和方法做成一道道美味开胃菜。

我喜欢吃无花果，每年无花果应季下来的时候都会把它入菜。甘甜的无花果营养价值高，可以健脾润肠，降血脂和血压。小西红柿含丰富的茄红素，抗氧化能力很强。秋葵所含的钙与鲜奶相当，非常适合素食者。

意大利黑醋配无花果圣女果

Cherry Tomato Salad with Balsamic Vinegar

准备时间：10 分钟

材料：

圣女果——12 颗

无花果——5 个

意大利黑醋——2 汤匙

龙舌兰蜜——1 汤匙

奇亚籽——1 汤匙

盐——1/2 茶匙

黑胡椒——1/2 茶匙

做法：

将圣女果和无花果洗净后浸入冰水中，提高爽脆度，片刻后取出切片，淋上黑醋、龙舌兰蜜、盐和黑胡椒，最后撒上奇亚籽即成。

Homemade 小贴士：

可在制成品上加些藜麦和扁豆，制成可口又容易有饱腹感的
Buddha Bowl。

芝麻酱秋葵
Okra with Sesame Paste

准备时间：15 分钟

材料：

秋葵——12 根

日式芝麻酱——1 汤匙

盐——1/2 茶匙

芝麻油——1/2 茶匙

做法：

先把秋葵洗净，用水焯熟后关火加入盐及芝麻油，2 至 3 分钟后捞出放进冰水中，再放进冰箱冷藏约 15 分钟。食用时把秋葵切半（也可不切），淋上日式芝麻酱即成。

Homemade 小贴士：

（1）芝麻酱秋葵可用来配热米饭或冷乌冬，味道皆一流。

（2）全素者需留意市面上部分芝麻酱含蛋奶成分。

魔芋凉面

Shirataki Noodles

准备时间：5 分钟

材料：

魔芋凉面——1 包

日本柚子醋——2 茶匙

芝麻油——1 茶匙

山葵——1/2 茶匙

做法：

将魔芋凉面按包装指示煮熟后过冷水，沥干后以柚子醋及芝麻油拌匀，装盘时可随个人口味以山葵做调味。

Homemade 小贴士：

　魔芋凉面本身很容易有饱腹感，另外煮些新鲜蔬菜和豆类食品伴着吃便可成为一顿美味晚餐。

　这三款简单餐点，准备时间只需要 5 至 15 分钟，却可以让你的晚餐更丰富。无论是一个人吃，还是分享给大家做前菜，都是很不错的选择。

2.5

咖啡以外的
健康提神之选

我必须承认我只是一个素食者，而不是那种饮食必须超健康的人，所以，我还是喜欢喝咖啡提神，但有时候感觉自己的身体不太舒服（尤其是肠胃不适或喉咙痛），就暂停一下。

没咖啡的日子，当然要找些健康的替代品去慰藉一下才行！

苹果醋饮：消滞通便

有时候头一天晚上吃太多或吃的东西太油腻，或开始有一点儿便秘的感觉时，我喜欢早上来一杯苹果醋饮。

苹果醋是以苹果汁加酵素发酵而成的。有研究指出，它可以稳定血糖，当吃了太多碳水化合物或糖分高的东西时，我们的血糖指数就会升得很快——而苹果醋可以有效减缓其升幅。此外，它也可以帮助消滞、滑肠、缓解腹泻。每天早上喝一杯的话，对减肥、排毒、清肝及美肤等均有作用。

开始尝试的时候，其实我对它的味道不太习惯。因为闻起来，它的酸味非常浓，于是我又找了一些食材，把它稀释一点儿，再加上一点点的龙舌兰糖浆，它就会顿时好喝起来。

苹果醋饮

Apple-Cider Vinegar Drink

准备时间：1 分钟

材料：

温水——1 杯

苹果醋——1 茶匙

龙舌兰糖浆——1 茶匙

柠檬汁——1/2 茶匙

覆盆子汁——1/2 茶匙

做法：

将苹果醋和龙舌兰糖浆倒入一杯温水中搅拌好，最后加入柠檬汁
和覆盆子汁调味即成。

我曾经试过连续两星期每天早上喝一杯苹果醋饮，结果肠胃真的
变得很畅通，皮肤也变明亮了，精神及体力也得到了提升。

不过，需要注意的是苹果醋的酸性很高，会腐蚀牙齿釉质、使食
道发炎及令胃部不适，所以建议大家先喝几口清水，然后像喝茶般一口
一口慢慢呷，之后也应该多喝清水。如果喝过后适应不良，也可以先吃
一点儿东西再喝（但也别吃过饱），饮用分量也要有所限制。

抗炎美肌的黄金牛奶

有时候总挂念喝咖啡，喜欢它香浓绵滑的口感，尤其在寒冷的冬日早上，暖暖的一杯咖啡总是让人感觉很幸福。不过，因为戒掉奶制品的关系，开始时也想是不是要把咖啡停一停，毕竟它也是刺激性饮品，吸收太多咖啡因对身体也有不良影响。

记得 2017 年在维也纳的一间纯素餐厅试过某种名叫"黄金牛奶"的饮料——其实就是姜黄奶，喝上去微辛带甜的口味很好，之后也发现它非常有营养价值。

姜黄，主要生长在南亚、印度等地，大多用作制调味料，比如煮咖喱的时候便会用到的姜黄粉。它的健康功效包括抗炎、增强免疫力和破坏癌细胞，也可以帮助消化和解决腹胀，更可以有限缓解女生痛经！除此之外，它还能慢慢减少粉刺、痘痘、减淡疤痕等，令皮肤变得更好。有次我身在国外，扁桃体发炎，就每天喝一杯姜黄奶帮助消炎。

抗炎姜黄奶

Anti-inflammatory Tumeric Latte

准备时间：5 分钟

材料：

植物奶——1 杯

椰子油——1 茶匙

姜黄粉——1/2 茶匙

黑胡椒——1/4 茶匙

素系风格：1000 天素与简的生活练习

肉桂粉——1/2 茶匙

龙舌兰糖浆——1/2 茶匙

做法：

先用一个小锅把植物奶加热，然后加入椰子油、姜黄粉和黑胡椒搅拌均匀倒进杯子里，再加入龙舌兰糖浆，最后撒上肉桂粉增添风味即成。

现在，我不时在早上以姜黄奶取代咖啡饮用，它同样让我的脑袋清醒。假如你也喜欢印度香料奶茶（Chai Tea Latte）的香料味道，我相信你也一定会喜欢这款饮品。

2.6

我的素食餐厅存档
#What Charlotte Eats

在香港有什么（好吃的）素食餐厅，不只是素食者常遇到的问题，就算是非素食者也会不时互相交流讨论。当然，吃是生活中很重要的一部分，我吃素，喜欢吃得简单，并不代表我对吃没有要求。我除了喜欢外出找好吃的食物，也喜欢跟朋友相聚交流感情。近年来香港的素食餐厅愈开愈多，我也有一系列的好餐厅存档，方便和朋友吃饭时可以去。从价格适宜的饺子店到 Fine Dining 餐厅、全素食或能够同时满足素食与肉食者的餐厅都有。

纯素餐厅

有机 Comfort Food

用健康和天然材料制作的 Comfort Food，除了沙律、馅料薄饼卷、汉堡包和甜品之外，也有一系列色彩缤纷的果汁。我最喜欢他们的沙律，材料满满又丰富，烤番薯条也特别好吃！在繁忙的中环一角，犹如一个小绿洲。

餐厅：Mana Fast Slow Food

地址：香港中环威灵顿街 92 号

电话：28511611

放慢节奏地吃一顿饭

全白、日式的装潢，一走进餐厅就感觉到"禅"的意味。没有五辛的日本素食，一道道小点精致而美味，每口都是心思。在这里独自一人吃午餐，常常让我想到一行禅师的话："在这些食物中，我清楚地看到，整个宇宙在支持我的生命。"

餐厅：Zen Eat Cuisine 禅食堂

地址：香港上环永乐街 1-3 号世瑛大厦 503 室

电话：28380018

物美价廉的小咖啡酒馆

太平山街一带总是充满着异国气氛。这家纯素小店在街上静静伫立，餐牌上的餐点，都是在早午餐咖啡店经常见到的全日早餐、轻食、咖啡和甜点（有松饼）等，却全部都是纯素。清新的搭配、用上物美价廉的应季食材，让素食者可以好好吃一顿既满足又美味的餐点，绿色生活也变得更容易了。同时，他们也是"喜点素便当"其中的一个订餐点，上班族可以订到健康无负担的便当！

餐厅：Ωohms cafe & bar 顺逆咖啡酒馆

地址：香港上环荷李活道 192 号地下 A 铺

电话：54004236

蛋奶素餐厅

性价比高的中式素食

其实我对传统的"中式斋店"有点儿害怕，因为这类餐厅普遍都会在食物里用很多油、盐等调味料，一刻的美味过后总会觉得口渴，而一些传统的菜式也很容易让人感觉沉闷，这样很难让人有兴趣去坚持多吃素菜。但这家餐厅的 Fusion 搭配就改变了我的看法。食物好吃，也让人吃出烹调者的心思。餐点分量也很大，适合同桌分享，我觉得很适合跟长辈聚餐。

餐厅：若兰慈素食新派素食创意料理

地址：香港西环卑路乍街 18 号如意大厦创景商场 2 号地铺

电话：23677790

提供素食选择的肉食餐厅

素食跟肉食选择相当的餐厅

这是一家既健康又提供很多素食选择的日本餐厅。我最喜欢它的"白灼一日 15 种野菜咖喱饭"，有我最喜欢的藕片、翠玉瓜、南瓜和豆角等，蔬菜量极多，而且日式咖喱汁甜甜的，配饭一起吃很不错。无味精又少油的料理，价格实惠，又有营养，假如经过附近我一定会去吃的！

餐厅：Camper 坐忘

地址：香港天后电气道 127 号地下

电话：28897377

我在国外也会想念的味道

素三鲜饺子、西红柿凉面、麻酱粉皮、凉拌青瓜……中国地道的北方小菜总是最好吃的。满满蔬菜馅料的饺子点上醋和豆瓣酱，那种滋味，好吃得我每星期最少光顾两次！

　　餐厅：龙凤祥饺子馆

　　地址：香港佐敦白加士街 53 号地下 /

　　深水埗钦州街 37 号西九龙中心 3 楼 319 号铺

　　电话：28988758/28988171

米其林二星素食

　　香港置地文华东方酒店中的法国餐厅是米其林二星餐厅，他们为素食者提供八道菜的素食餐单。餐厅漂亮、服务优质，每一道菜的摆盘像艺术品一样，由前菜到甜品，是一个赏心悦目而让人印象非常深刻的体验。

　　餐厅：Amber

　　地址：香港中环皇后大道中十五号香港置地文华东方酒店 7 楼

　　电话：21320066

素食食材专卖店 / 便当服务

让 Green 变 Common 的一站式素食体验

有时想找一些冷门一点儿的素食食材，或者快快地吃一餐，Green Common 是一个不错的选择。他们常常供应丰富的食材，加上店内划分了餐厅区域，使用本身贩售的材料制作出不同的创意菜式，如喇沙、汉堡，甚至是"蛋牛治"也有纯素的版本，非常适合喜欢新鲜的素食者。他们在尖沙咀、旺角、中环、湾仔、将军澳也有分店，真正让素食普遍起来。

餐厅：Green Common
地址：香港尖沙咀广东道 17 号海港城海运大厦地下 OT G61 号铺
电话：31021220
其他分店资料：www.greencommon.com/locations/

喜点素便当

本身为有机食材工房的喜点厨房专门提供素食便当预订服务，便当采用有机及价格公道的产品，包括本地农场出产的有机菜、有机米等，而且不含五辛，每天至少有两款选择，适合偶尔没时间动手煮的素食职场女性。

更多资料：www.facebook.com/hkchopsticks/

除了以上的素食点，在不同网站如 Openrice 或素食者建立的 Facebook Page 还有更多的餐厅等待你去发掘！在香港，素食餐厅的选择、素食菜式的种类，真的又多又吸引人，想要（哪怕是偶尔）实行素食生活，感受生活上不一样的体验、舌头上非一般的滋味，并不是一件困难的事。

2.7

生活改道——
在老区享受北欧 Hygge 时光

素食生活，不单是一种饮食上的探索体验，更是生活上的发现历程。也许，这个改变会让你走上另一条路，会让你看到不一样的风光，也会给你更丰富的感觉。

近年，Hygge 成了文化界非常流行的新名词。这个字词起源于丹麦——全球最快乐和最适合居住的地方之一，形容一种愉快、简单、安逸、舒适的生活态度。原木、阳光、植物、自然风格、简单而纯粹的颜色就是 Hygge 的具体演绎。这个词对我来说很有意思，我就是爱以这种轻松的心情，与最爱的人一起享受生活的时光啊！

断舍离的饮食风格

这阵子，西营盘开设了多家很具特色的小店和餐厅，为一个本来比较旧的社区带来了新面貌。我和朋友到过一家名为 Detour 的咖啡店。特别喜欢店面的室外位置和落地的大窗户，自然光照射到的位置总是让人感觉很舒服。走进店中，那木系和白色的室内设计，加上各处种的不同的植物，营造出北欧那些咖啡店的悠闲气氛！

朋友并不是素食者，所以我们并没有特地选素食餐厅，反正就是想找个地方聊聊天、喝杯咖啡。早已吃过午饭的我，本来没有想吃东西，胃口却被酸种面包再度打开了！

相比起香港大部分面包店提供的面包款式，酸种面包虽然比较硬，也没有白面粉或牛油的香气，却同时少了很多添加剂和化学成分。还记得在哥本哈根吃过美味的酸种面包，没蛋没奶，只用水、盐、裸麦面粉及天然酵母制作，入口有轻微的酸味，却是一种纯粹的滋味。这份轻烤过的面包让我想起曾经在欧洲吃早餐时，在一块面包加上牛油（果酱）的满足时光！ 朋友则点了一份全日早餐（All Day Breakfast On Plate），没有油腻的煎肠和烤烟肉，都是烟三文鱼、牛油果、半熟蛋和西红柿等，食材健康而分量也刚刚好，看她脸上的表情大概也很满足吧。不得不提的是，他们的咖啡也是很值得推荐的（也提供豆奶选择）！

这种从视觉到味觉都与众别不同的感觉，无法简单模仿出来，必然是从心而发的。这家餐厅原来是由一个英国男生跟妻子开的，男生来香港当了几年咖啡师，之后决定留下来开咖啡店。我每次见到店内的咖啡师和厨师，脸上总是带着微笑的，态度也十分友善，多去几次，甚至记得我要喝什么，这也许就是小店的人情味吧！

繁忙惯了，偶尔绕绕道，慢走、多行，在繁忙都市中偷得悠闲的几个小时，捧着咖啡杯跟朋友谈天说地，难道不是真正的 Hygge 吗？

p.s. 后来我再到访的时候，试了他们的牛油果配 Zaatar 多士。Zaatar 没有中文，是一种由百里香及芝麻混成的中东香料，意外地跟牛油果很相配，非常开胃！这是与众不同的牛油果多士，有机会一定要试啊。

餐厅：Detour

菜式供应：肉食 / 蛋奶素 / 纯素

地址：西环西营盘第一街 35-37 号地下 A 号铺

电话：N/A

2.8

知足常乐——
历史建筑内的自助餐

城市，在它的经济价值之上，还有人文价值。物质生活和精神生活不但构成了生活的面貌，也组合出生命的内涵，所以，我是喜欢中环的。这里，有拼搏的步伐，也有缓慢的呼吸。每每从熙来攘往的一处，走到人烟稀少的另一处，不消十几分钟，就像踏出舞台前的一个吸气、闭气、呼气的调整，让我豁然开朗。

丰富着胃口与精神的空间

艺穗会是中环的标志性建筑之一，这个由牛奶公司化身而成的当代艺术空间，是许多艺术节、剧场、舞蹈、音乐会、展览等的胜地，它和其他几个文艺空间，丰富了中环。

我早在八年前就已经认识了艺穗会，那是第一次表演舞蹈。从展廊穿越到爵士乐吧，由剧场钻到冰窖，这个结合着历史和文化的独特空间往往让人着迷。除了充满质感的表演场地、满满的演出和展览吸引我，它二楼的艺术吧——Colettes'也是我喜欢这里的原因。

艺术吧内色彩明艳，颜色浓烈的墙上悬挂着不同的画作或摄影作品，小小的餐桌让人与餐伴更贴近。喜欢阳光的话，在户外阳台上也有几张小桌子，天气好的时候阳光会洒在身上，一切都是经典油画里的小餐厅模样，是中环难得的悠闲环境。空间虽然不大，但让人感觉很开放、很宽敞，非常适合和三两好友聚餐。这里的客人大多是艺术工作者或在附近工作的外国人。

餐厅在星期一至星期五提供素食（蛋奶素）自助午餐。每天新鲜制造三至四款冷盘沙拉、两款热食，还有汤、水果、面包、芝士等，也会提供两至三款手工蛋糕。

它们的意粉沙拉，还有星期三的泰式冬阴功和炒杂菜，色香味俱全。我很喜欢。手工蛋糕也是一个卖点。除了朱古力布朗尼、柠檬味海绵蛋糕外，我最喜欢的是斑兰口味的海绵蛋糕，很香也不太甜，总是会不小心多吃几块（幸好都是小小的一块）。

如果你对自助餐的定义是琳琅满目的食物，这里并非是你的选择，但我最欣赏的正是这家餐厅提供的选择不多不少刚刚好，每一口都新鲜、健康，价位也不高。在这一历史建筑内的小角落，有着一种慢活的感觉。有时候地下的画廊会举行展览，餐后可以去走走。

这才是素食生活：不是很多，而是刚好满足了身体的需要，也丰富了精神追求。这个空间，我称之为少数人知道的"小确幸"，让我每次经过中环——香港最中心的地方，都想去看一下、坐一下。

餐厅：Colettes'

菜式供应：蛋奶素 / 纯素

地址：中环下亚厘毕道 2 号艺穗会 2 楼

电话：25217251

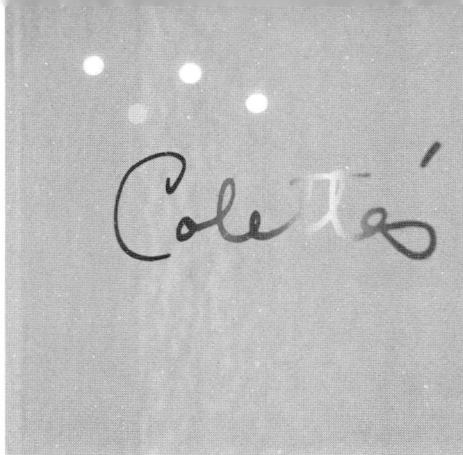

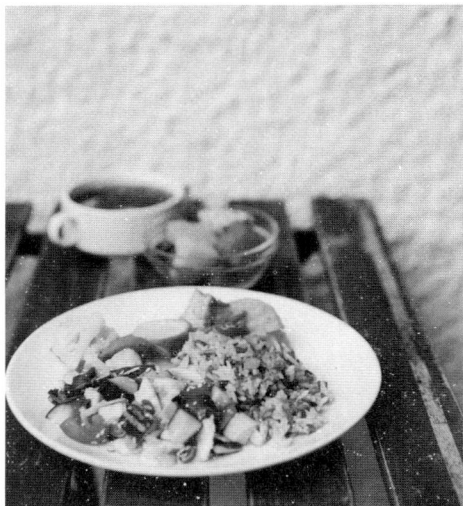

2.9

思本寻源——
把日本的精进料理带到香港

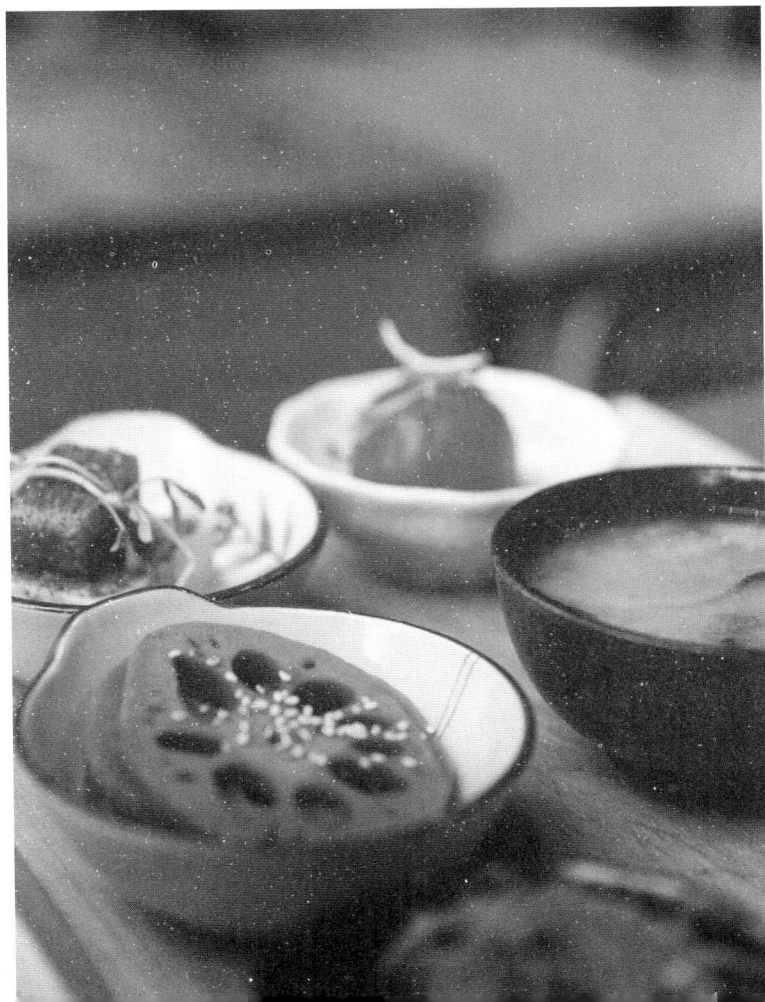

到过日本好几次的我，每一次都为当地的居酒屋着迷。即使不是全素餐厅，其中的素食料理也不少，而且精致可口，加上价位不太高、气氛热闹，人人大快朵颐，我每次差不多会把菜单上所有的素食料理叫来试试看（小小一碟很容易吃完）。

180度转向另一端，我也喜欢宁静、简单、充满禅意的日本。从花道到书法，以至艺术和建筑，日本人的独特眼光和见解，都令我赞叹不已，如果简约主义要找一个代表地，日本一定位居前几名。

宗教在不同的地方结合了不同的文化会有重新的意义。同样是佛教，素斋的定义却五花八门，其中一种叫"精进料理"，它的佛学修行意义我不知道怎么解释，但它的"食貌"就是没有五辛的禅寺料理。精进料理由于运用最简单的方法去煮天然的食材，所以能让人吃出食物的原味。料理本身比较清淡，那是没有用太多调味料去模仿肉食料理的味道，你会发现，原来蔬食本身能够提供如此丰富、多元的味觉感受。

在食物中寻找禅味

我以前曾经在黄竹坑上班，知道附近有一家素食餐厅 Mum Veggie Cafe，可是当时还是肉食动物的我一直没有试过；直到转为素食者，有时去那边工作时总喜欢"留着肚子"去吃午饭。因为……他们的餐点实在太好吃了！

这是一家日式和西式 Fusion 的餐厅，所以沙拉、三明治、咖喱饭、咖啡、甜点等也有供应。当中我最喜欢的是午膳蔬食料理，四道菜的分量对我来说刚刚好，主食可以自选配上荞麦面或红米饭（我很喜欢红米饭的口感）。他们的金平牛蒡、南瓜汤薯饼、米汁大根和野菜天妇罗也是我的最爱。一盘分六小碟的料理，端上桌子时先有视觉上的大满足和"哇！"一声的感觉。假如那天肚子不太饿，我会选择藜麦牛油果沙拉，新鲜的菜吃下去有清脆的口感，沙拉汁也非常开胃。

餐厅环境也很舒适，楼层高，桌椅是全木的，让人有置身日本的感觉。

吃得太晚，总在想为什么"肉食"时代的我没有去试一下，这大概跟一直习惯吃肉的朋友一样吧，心里总觉得"素食餐厅"是一道大闸，把自己隔在门外。而事实上，素食没有要求你沐浴净心，即使一星期一次，一个月一次甚至一年一次，它也可以是一种体验。

　　短短地跟大家分享我的素食日常体验，尤其是这几篇，我想说的是，素食食物的本身和素食餐厅的环境，都在五感中给你不一样的经历。就以精进料理为例，甚至有餐厅会请客人先进行打坐体验一段时间，再去品尝食物的味和意。其实，肉食是肉食者的专利，但素食绝不是素食者的专利，只要你愿意，每个人都可以用眼、耳、鼻、舌、身去感受到同样的素食生活感！

餐厅：Mum Veggie Cafe

菜式供应：蛋奶素 / 纯素

地址：黄竹坑香叶道 2 号 One Island South 地下 G07 号铺

电话：21153348

PART

3

素系

衣食住行

3.1

吃得简约
令身心更正面

"你有多久没有过饿的感觉了？"

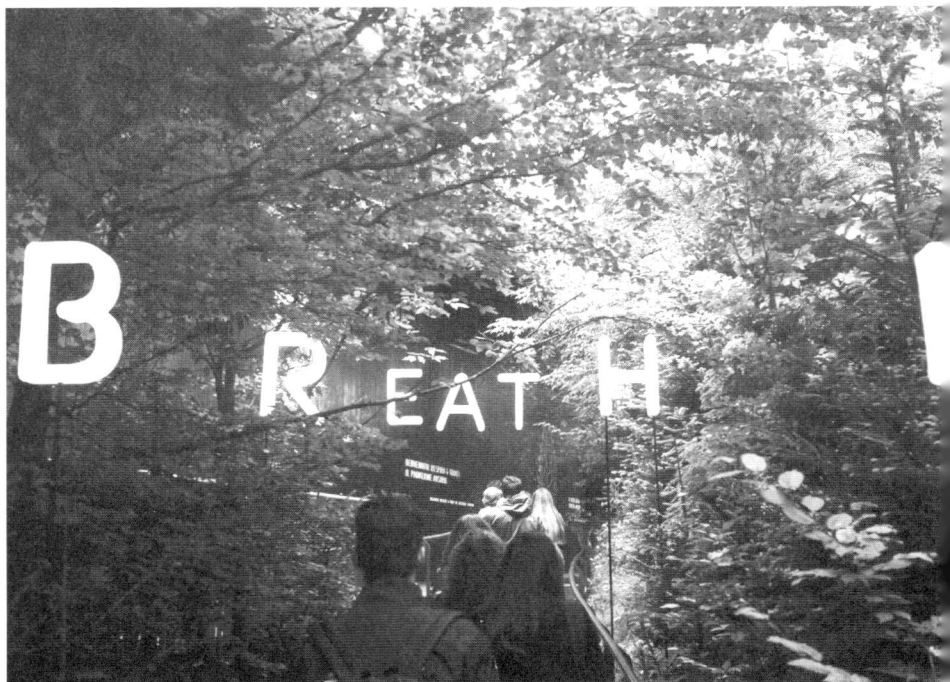

在城市中长大的人总是幸福的，三餐之外，还有下午茶、饭后甜品、宵夜、餐与餐之间的零食，等等。我们总是嚷着要吃这个，要吃那个；吃完饭会喊饱，但又沉醉于自助餐和放题，仿佛快乐跟食量是挂钩的。曾经，我也是其中一分子。大学的时候，跳舞跳到筋疲力尽的晚上，回家总是会煮一个辛辣面加蛋，再开一罐可乐，作为慰劳自己流过无数汗水的"Guilty Pleasure"。看到这里的你，有共鸣吧？

可是，消化需要时间。肚子和心理上满足了，身体却反应不过来。这种高热量的宵夜容易让人吸收很多的盐分，隔天起床，脸肿胀得像个比萨。因为胃部要消化食物，所以宵夜除了容易让人发胖之外，还会让人即使睡着了身体也不能得到休息。

健康与自觉性总是成正比的。我们拥有了更多，才会使身心更为满足。也因为那种什么都想要更多的欲望，我们给自己更大的压力去追求更多，却忽略了快乐并非物质。快乐，首先要把负面的想法去掉，能够"开"心、解放心中的枷锁，才叫真正的快乐。

放过自己，并不等于放纵身体。不健康的生活饮食态度除了会给人的身体加重负担外，还会影响到精神和心情。我们总以为吃饭会让我们更有能量，却忽略了过饱需要消耗更大的能量去消化和吸收。如果人们因为饮食过量而影响到消化功能，那么对于营养也难以吸收，长期下来，免疫力会下降，生病的机会就更高了。因此，佛家提倡"过午不食"——下午三点后不再进食固体食物。从健康层面上讲，这可以让肠胃以至全身机能得到适当的休息。

控制食欲是一种修行

饭后总想睡？太饱会感到困是真的，而且会让我们的注意力下降，让我们工作的时候效率降低。

那么，在精神层面呢？不少艺术家喜欢饿着肚子，甚至是断食去创作。苏格拉底、柏拉图、甘地等，都有定期断食的习惯。借着断食，深入体会心灵深处的想法从而提升思想层次及心灵意境。有时我们感到烦躁不安，也有可能是因食物引起的，尤其是重口味、高糖分、高脂肪的食物。

控制食欲，其实是健康及心灵上的一种修炼。看见满街的小吃店，就知道有多少的诱惑。不过，仔细想一想：到底你是因为肚子饿了而吃，还是只是因为嘴馋？

我有几个控制食欲的小方法：

多喝水！很多时候，感到肚子饿其实是口渴了。口干时才一口气喝一大杯的水？这时候你的身体已经缺乏大量的水分了。

每次吃饭保持一定的分量，过多或过少都不好。

吃饭时要坐下来细嚼慢咽，要避免一边工作一边吃（一边走一边吃也不好）的情况。

挑选有营养的东西吃，蔬菜、水果、杂粮、豆类都是应该多吃的东西。

不饿时不吃！不要为了工作或娱乐活动而吃，也不要让食物成为解决心灵空虚的药品。

反过来说，也不要因为需要减肥而吃得过少，重要的是，要聆听自己身体的声音。在真正感到饿的时候才吃，要尝试减去糖分、盐分、酒精，等等——时间一长，你就会感到身体有正面的改变。

　　日复一日的实践，是一种练习。不分素食、肉食，能控制饮食，是生存的基本技能，像呼吸一样，那其他事情你也就能掌握了。

　　真正的美丽，是自信地找到一个有规律的生活。

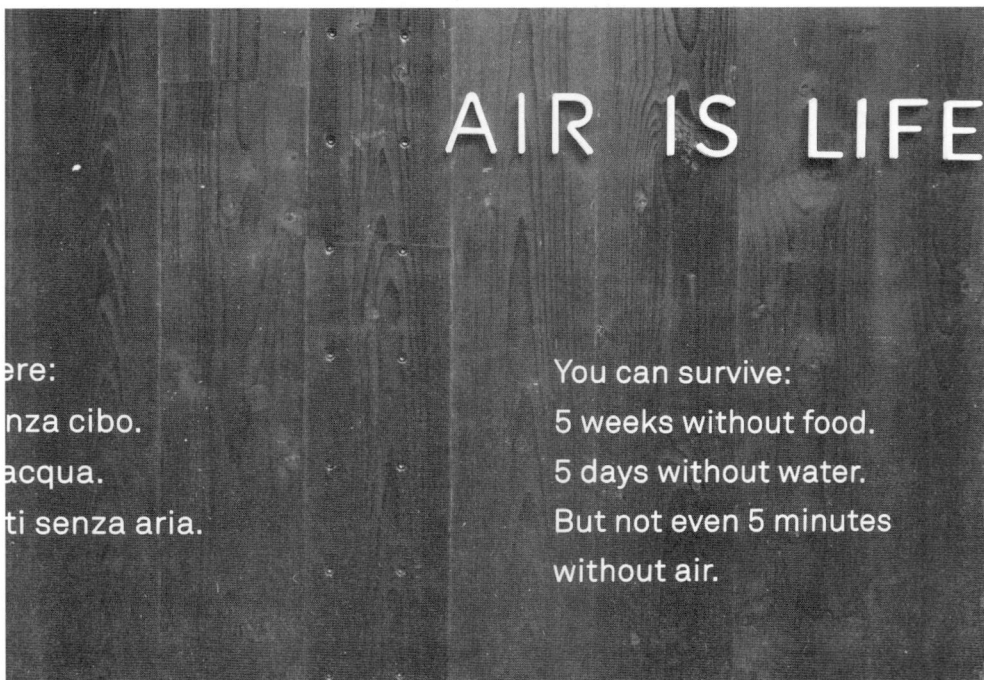

AIR IS LIFE

ere:
nza cibo.
acqua.
ti senza aria.

You can survive:
5 weeks without food.
5 days without water.
But not even 5 minutes
without air.

3.2

别让"拥有的"杂物
支配你

虽然我在创作风格上偏爱简约，也喜欢吃得清淡，打扮上也讲究整齐，可是，我并不是整洁的女生。从小到大，如果妈妈没有要求我定期收拾房间，我是不会动的。长大后，我开始注意到一个整洁舒服的家可以让自己完全放松（尤其在外工作一整天后），于是慢慢地开始追求家中的舒适，让每一件东西也有它存在的意义。

我尝试着把自己喜欢的元素放进自己的家。例如我喜欢阳光可以晒进来，窗户可以让空气流通，面积不需要太大，但要有一定程度的舒适和空间感，保留着最简单的装饰，放进不多不少而合用的家具，留下空间，形成一种风格。

家居用品店愈开愈多，什么价位的都有，有时发现连家居用品都成了一种家用的"Fast Fashion"，买不心疼，丢掉不可惜，所以在挑选家居用品之前，要记得一个小原则——就是只留下"对"的东西。就像吃素的经历，我根本不需要多余的"美食"占据我宝贵的身体。

什么是"对"？试想想，家是一个休息的地方，如果感觉不对的话，有些东西会让你（无论心情上还是身体上）不舒服，怎么才可以让身心得到休息呢？挑选柔软的床单、舒服的椅子、漂亮而实用的餐桌碗碟。也许花的钱会比较多，但也因为好质量而不需要经常购买新的去更换，也因为简单又耐看，让你不易因生厌而丢弃。

留白，利用空间营造舒适感

挑选之前，亲身感受一下、触摸一下，确保这些东西是你自己喜欢的。另外，现在具有设计感的家居用品越来越多，它们跳出了实用价值的框架，不但更好地解决了生活上的问题，甚至能通过重新组合或转换而应付不同时候的需要（像现在那些可以自行调高低的工作桌），一件物品的用途越多，省下的空间就越多。

对我来说，家具的触感和设计就像衣着，搭配度也是非常重要的——整体的一致性可以让人感觉更完整、更和谐，给人一种宁静的舒适感。假如之前真的买了不符合"心意"的家居用品，你可以尝试利用DIY的方法改造它们（例如重新上色），又或者把它们捐赠给二手家具店，让它们找到合适的新主人。

此外，保持家中整齐、干净也会使人的心情更放松。如果下班、放学回家，看见的是乱糟糟的房间，衣服散落在床上和椅子上，你会有什么感觉？从今天起，对一堆堆的杂物说"不"吧。让椅子专属于你疲倦的身体，别再用来堆衣服了。况且，定期收拾、清洁还可以维持家中的清新感觉呢。

将那些已经很久没用的杂物整理好送人或扔掉吧。当然，最好是环保一点，从"源头减废"，有用的找最好的，没用的一开始的时候就别"拥有"它们。

保持简约，没有多余的杂物，你会发现生活中拥有的更多了！当你不再被"拥有"的物品"支配"时，慢慢地，你会开始享受这个充满自由的空间。空间用来做什么？留白，或者在周末时，从市场上买回一些新鲜的花、植物，让家中添些生气，也使你每一次看见它们的时候更放松。

毕竟，家是让你充电的地方啊！

3.3

衣着断舍离
#What Charlotte Wears

每个女生都有穿衣的"暗黑时期"，我当然也不例外。

第一，为了潮流，硬把不适合自己的穿到身上。

第二，价钱实在太便宜了，没有认真思考就买下。

第三，闲着没事就买衣服，结果周六、日都在逛百货公司、商场。

第四，女生天生就喜欢买衣服、买鞋、买包啊，不是吗？

总之，理由还有很多，但我们的确花了太多的时间和金钱在衣服上。

多与少，是一个相对的概念。实际上是你究竟需要多少，而不是看见别人拥有很多，就觉得自己拥有太少。这个跟素食几年后积累的想法不谋而合。

说实话，要我们做 Steve Jobs、Mark Zuckerberg 是有难度的（他们只穿同一款衣服，再加多几套洗换），因为，在这个商业社会，还是要看"行头"的。还记得你为了面试而买的套装吗？而且，追求美丽是没有错的，但我认为，找到自己的风格，挑选合适而又值得投资的衣服，才是重点。

以我个人为例，自两年前搬家后，到现在一直保持自己的衣柜只放约 40 件单品：Tee/ 上衣 15 件、裤子 8 条、连衣裙 5 条、半截裙 5 条、薄外套 3 件、皮衣 1 件、厚大衣 3 件。当然，这 40 件是经过深思熟虑才被精选出来的。

你可能会质疑："这不可能吧！你是时装店的主理人啊，也算是 Fasionista 吧，怎么会不买新衣服？"的确，不买新衣服，对我是有点儿难度。不过，值不值得买，却可以自己选择。我在 Instagram 上的超过 400 个造型，大部分只是我时装店的样版款式。

买衣服的 5 个准则

我偏爱纯色、舒服的设计，也特别爱条纹。关于购买衣服，一般我会考虑以下几点：

先收拾衣柜

我发觉人普遍有这个问题——经常只穿那几件衣服，根本忘了自己还拥有很多其他的衣服！相信我，你拥有的衣服，一定比你想象中的多。

注意衣服的质量

一百几十元的一件上衣，几百元的一件外套，很容易让我们产生这样的想法："先买下来，穿一季再说吧！"其实这样想是大错特错了。为什么不买一件可能几千元，却是真正喜欢的经典外套呢？然后可以穿五年、十年，甚至像我妈妈能传给女儿那样呢？人越大，越应该知道某些品牌价位虽然较高，但用料、细节、剪裁的确是与众不同的。经典、永恒的单品，才是王道。即使破旧了，也可以花钱修补，何况以现代人的生活方式，有多少机会能穿破一件衣服？

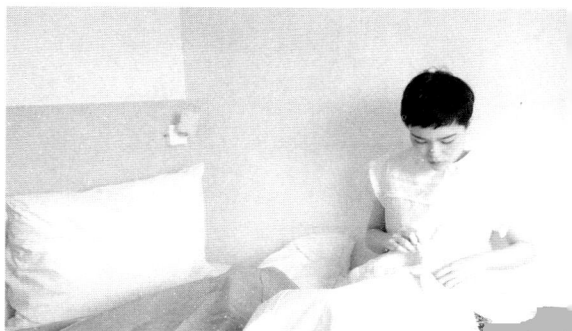

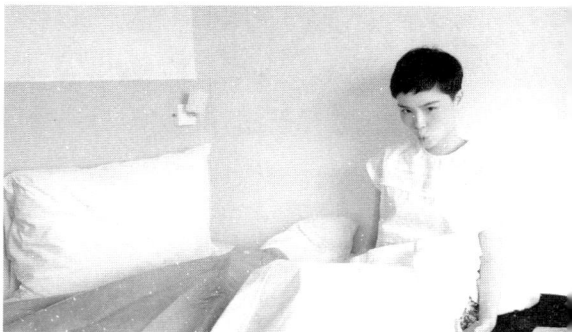

考虑衣服的可持续性

你我都曾经有这样的想法，有个派对要穿隆重一点儿要不要花钱买条漂亮的新裙子？遇到这种情况，先想想为什么有这个想法，是因为本身拥有的裙子不够漂亮，还是图新鲜？这次穿过，下次还会穿吗？问完以后，相信你就知道答案了。如果真的想为一个特别的场合穿新裙子，要不要买一件可以一穿再穿的裙子呢？还有，现在有些网站提供衣饰租用服务，款式漂亮、价钱相对也便宜。

找出自己的穿衣风格

我的穿衣风格比较简约，所以大量衣服是单色系，再加上一点儿我最爱的条纹单品。黑、白、灰、蓝是我的基本色，再加上一点儿特别的颜色，例如红、粉红、卡其和最近我很爱的芥末黄，可以做点睛之用。综合分析不难发现，其实自己感到最舒服的、穿上感到最漂亮自信的衣服搭配，也就是那几个款式吧？那为什么多花钱去买些"穿在别人身上"或者"挂在橱窗之内"很好看，但你根本不会穿 / 不合穿的衣服呢？

计算衣服本身的成本

环保的你，会因为想少浪费几个纸杯或胶瓶而自备保温瓶，少用胶袋而自备环保袋，却未必会在意制造一件衣服需要消耗多少地球资源。"多买了、不穿的捐赠给慈善团体，不就解决了吗？"其实，每个发达国家每年的衣服捐赠量很惊人，其中一部分仍是被送去填埋，余下的则被送到其他第三国家，例如海地。一吨又一吨的二手衣，数量巨大得足以满足这些国家的人们的穿衣需求，却导致这些国家和邻近地区的大量裁缝以及与纺织等行业相关的工人失业，工厂倒闭。这一切，除了浪费，还牵涉到行业生态的扭曲。这里所说的只是一部分衣服背后承载的成本。

"Fast fashion isn't free – someone somewhere is paying."

—— Lucy Siegle

所以，好好了解适合自己的衣着元素，再看看衣柜里是否够数，查看标签上所标示的内容，了解价格背后的隐情。

最后问自己："消费，是为了满足穿衣的需要，还是只是为了一时的新鲜感？"

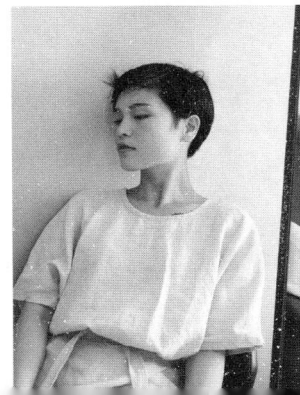

3.4

"素"造个人风格的
法则

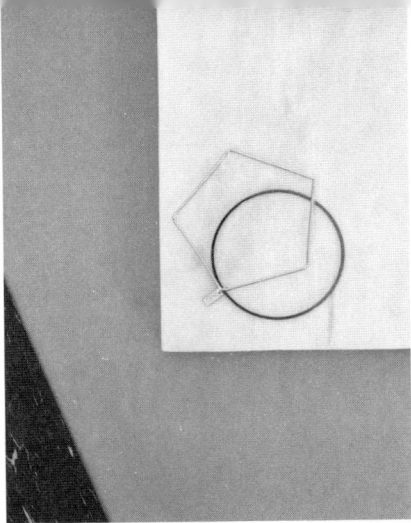

当不再是二十出头，我更要找到自己的风格。当然个人风格的养成，跟所生活的地方和所接触到的文化有很大关系。正如前面说到的素食料理方法，因其发源地的文化、风土作物不同而有很大区别。煮要煮出风格，吃要吃出味道，个人风格也一样，是穿出来的。

不同国家的风格中，我最留意的一定是法国女生那种天生的气质美。不像日韩流行的可爱、前卫，在欧美的流行时尚中，法式总是拥有一种与众不同的独特魅力，简单的造型总是散发出"不做作"的自信态度。她们知道应该投资怎样的衣服，也知道如何搭配去突显自己的优点和修饰缺点。

"A girl should be two things, classy and fabulous."

——Coco Chanel

Classy 就是一种恒久的风格，fabulous 就像女生展现出来的味道。我不是 Coco，但这几年我积累了以下几个小妙招。

● 简约风格 / Less is More

　　我不会说不打扮就是一种打扮，但每次穿上身的衣饰不会太多，因为愈简单，愈可以突显个人气质。找出最适合你的单品，无论是设计、剪裁、质地都应该讲究——像你对自己的内在与学识一样讲究。毕竟，衣着只是人的外在，它不代表你的一切，但它也像你身体的一部分，衬托着你。我喜欢在网上找灵感，再加入自己的想法，就成了独特的穿搭方式。而且，愈简单的衣着，愈可以让人更留意你的其他方面——包括你的头发、皮肤、双眼，等等，一举手一投足，你最独一无二的气息都从里面散发出来，让它们成为你的焦点吧。

● "不做作"＝自然舒适 / Effortless = Comfort

　　做作是什么？就是某种打扮（或态度）在你的身上没显出和谐感，跟你的气质不匹配，而产生的一种不自在的感觉。所以法国女生那种不做作而又充满性格的衣着，不单纯是因为某个品牌某款单品或某种颜

色，而在于每个女生都要忠于自己。然而，看上去不做作不等于没有花心思。要让自己穿衣服而非让衣服穿自己——舒适度是最重要的。所以，那双不合脚的高跟鞋、那条要肚子缩起才穿得上的连身裙、那件和你其他衣服根本不配的项链，放弃它们吧。

让你看上去更有魅力，是因为你在做自己。

● 合身、合比例 / Findng the Perfect Fit

在念大学至刚毕业的时候，我有一个很坏的习惯：即使出门前已经考虑好穿什么，但假如那一天的衣着不合心意，让我看起来显胖或不够时尚的话，我也会在街上买新的衣物实时更换！"反正店里的衣服也不贵啊。"这是我的想法。

为了弥补那种尴尬感，我不自觉地花了更多的钱，造成了浪费。

找出合身的衣服可以给整个造型加分，相反，太大或太小的衣服，穿上去不只让你感觉不舒适，照镜子自己也不会喜欢。无论居家生活还是在工作时约见客户，简单优雅的单品，可以让我们看上去更有自信，太多的堆砌反会让人觉得你通过营造外表来掩盖内心的不安和自卑。

此外，很多香港女生有时会忽略"比例"，但这却是让你突显优点和修饰缺点的重中之重！每个人的身体都是独一无二的，你要好好了解自己，学习去平衡衣着比例。用我自己来做例子，我的优点是腰短脚长、小腿有肌肉线条、锁骨和肩膀也美，但缺点是盆骨比较宽，腰、大腿、手臂等位置也比较粗。所以，我喜欢挑选高腰、宽脚裤或 A 字裙，既可以露出小腿，使腿看上去比较长，同时也盖住了臀和大腿。近几年流行的一字肩或大领子上衣也是我喜欢的搭配单品。

而另一个要平衡的点是上下身的"重量"。比如当你穿一条布料和剪裁都比较有分量的宽脚裤时，上身就穿轻盈一点儿，比如丝质的轻薄的上衣。当你学会了平衡，要怎样去搭配衣服就难不倒你了，心目中那个最理想的造型也可以驾驭得了了。

我无法做到在一篇文章里为所有女生提供穿搭建议，但简约经典、自然舒适、合身合意就是好看的定律。没有人比你更了解自己。做自己！让自己的独特性成为吸引人的地方，让自己和别人为你的风格而赞叹。

穿要穿出风格，搭要搭出味道，常听人说，衣着是你的第二层皮肤，那你的打扮，有没有反映出真实、自然的你呢？

3.5

"素" 颜
之美

对我来说，"素"的定义，不是什么都放弃、什么都没有，而是在实际可行而又符合个人原则的前提下，精巧地选择更好的，让自己在自我定义里往更好的方向去进步。

我爱美，不过我崇尚天然的美。对于化妆和发型，我有自己的一套准则。干净、整洁、自然最为主要；其次是好的皮肤、脸上的健康气色、好的发质。而且，我认为每个女生都有自己的独特风格，所以也没有一个"宇宙法则"是适合所有人的。不过，还是让我简单分享一下我的小小经验，看看我是怎样找到属于自己的美的吧！

3 种化妆品："素"造自然好气色

对于脸上的瑕疵，中学时期的我其实很在意。没有鹅蛋脸、不是典型的大眼美女、脸上的点点雀斑……曾经我都非常介意。

"真正的美丽不单是外在，而是从内而外的一种气质。"

随着长大，我渐渐明白了美丽并不属于表面，也发现，大部分的时候，别人并没有发觉我脸上的小瑕疵，自己却因为不够自信而左闪右避，最后让人感觉怪怪的。所以，美丽是一种感觉、一种自信，我告诉自己要学会爱自己，就要学会接受不完美的自己。

"假如一点点的遮瑕膏遮不到的话，那就学会跟它们好好相处吧！"

当然，如果遮得到的话，用一点点的化妆品，可以修饰瑕疵突显美的话，有何不可？以下是我的必备化妆小工具，长期放在我的小包包里。

● 唇膏与面色

因为我本身肤色很苍白，即使睡眠充足的日子，脸色看起来还是有点儿疲倦和发青。涂点儿唇膏，可以直接提亮肤色。尤其以珊瑚色搭配素颜感觉最自然，使脸都变明亮起来，而且也可以搭配任何一种服饰。我喜欢用润唇膏先打底，再用手指头蘸点唇膏的颜色，轻轻印在唇上，这样除了滋润一点儿，感觉也比较自然。还有一个小贴士：我喜欢将唇膏当胭脂，用指尖晕开，再大范围涂在眼袋下方至苹果肌，比使用粉状的胭脂更加简单自然，而且会营造出一种运动过后好气色的感觉！

● 眉粉与眼睛

定期修整眉毛很重要（我一个多星期就小修一次），即使没有画眼线或涂眼影，眼睛也会更明亮好看，而眉形也支撑起整个脸形呢。自己修眉的话，可以先用眉笔画出心目中的眉形，再把旁边的杂毛拔掉。但我还是建议找一个"老师"，就像我上了一个化妆师朋友的几堂化妆课，从基本学起，真是一生受用呢！眉粉可以塑造一个比较自然的妆容效果，初学者也可以轻松驾驭。先选一种比头发颜色浅二至三度的眉粉，拿着眉笔蘸适量粉末，先在眉中补回崩口位置的颜色，再利用剩下的粉在眉头加色，可以做到眉头浅眉尾深的自然效果。

● 遮瑕膏与黑眼圈

那粒新长出的小痘痘、那些久久未见消退的暗疮印、那小小的泛红的位置、那因晚睡而泛起的黑眼圈，真的很麻烦啊！为了要自信地见人，还是好好把它们遮藏起来比较好。比起液体，我更喜欢用遮瑕度更高的膏状产品，重点遮住脸上的那些小瑕疵，然后不涂粉底，看上去像没化妆一样自然。提示：偏橙的遮瑕膏对偏青色的黑眼圈更有效！但如果有眼纹问题，遮瑕膏最好不要涂太多，否则一眨眼，它们只会更明显！

如果在出门前我只能挑三种化妆品，就是以上的了！当然，好的肤质才是根本。对于这个，保湿喷雾、面霜这些是基本的需要，定期的磨砂、矿物泥深层清洁面膜等也是重要的，加上健康的生活方式、充足的休息、保持运动、多吃新鲜的食物，要拥有好的肤质一定不难。

自然美的"发"则

"素"颜之后，就到护发"素"了！

所谓三千烦恼丝，是真的很让女生烦恼！但这几年，我不再受潮流发型和发色左右，因为，我都是以一头黑短发示人！

在我的记忆当中，暂时有 2/3 的时间是留长发，更有六年时间留着一把长及腰间的头发。当时剪短头发的第一个原因，其实是看腻了女性化长发的自己，同时也觉得，既然身边十个女生有九个都留长发，我还是成为与众不同的那个吧！

不过，要找到适合自己的发型不容易，我就花了十多年的时间。当中包括不停尝试、一次一次剪坏了再留长再找理想的发型师。现在维持了短发几年，只可以说我太喜欢它带给我的清爽感觉了。短发其实可以有很多变化——短而齐整的刘海、长至遮盖眉毛的刘海、All Back、弄鬈等我一一试过，花样比留一头长发时更多。而我也不再喜欢把头发染成不同颜色，反而喜欢那自然、随性的美丽。

虽然今天的我很喜欢短发，但我也不排除某天又决心把它留长。其实，无论是长发、短发、化妆、素颜，最重要的，还是了解什么最适合自己。修了头发、换了发型，假以时日还会再长回来。学会接受瑕疵，因为它们是我们身上的一部分呀。不完美的脸？很好啊，找一个合适的发型，不是为了遮掩那张脸，而是为了衬托出更美丽的自己。装扮自己，并非要成为另一个人，而是要让自己欣赏真实的自己。

让内在的自信发光吧！因为世界上就只有一个你，一个独一无二的存在。

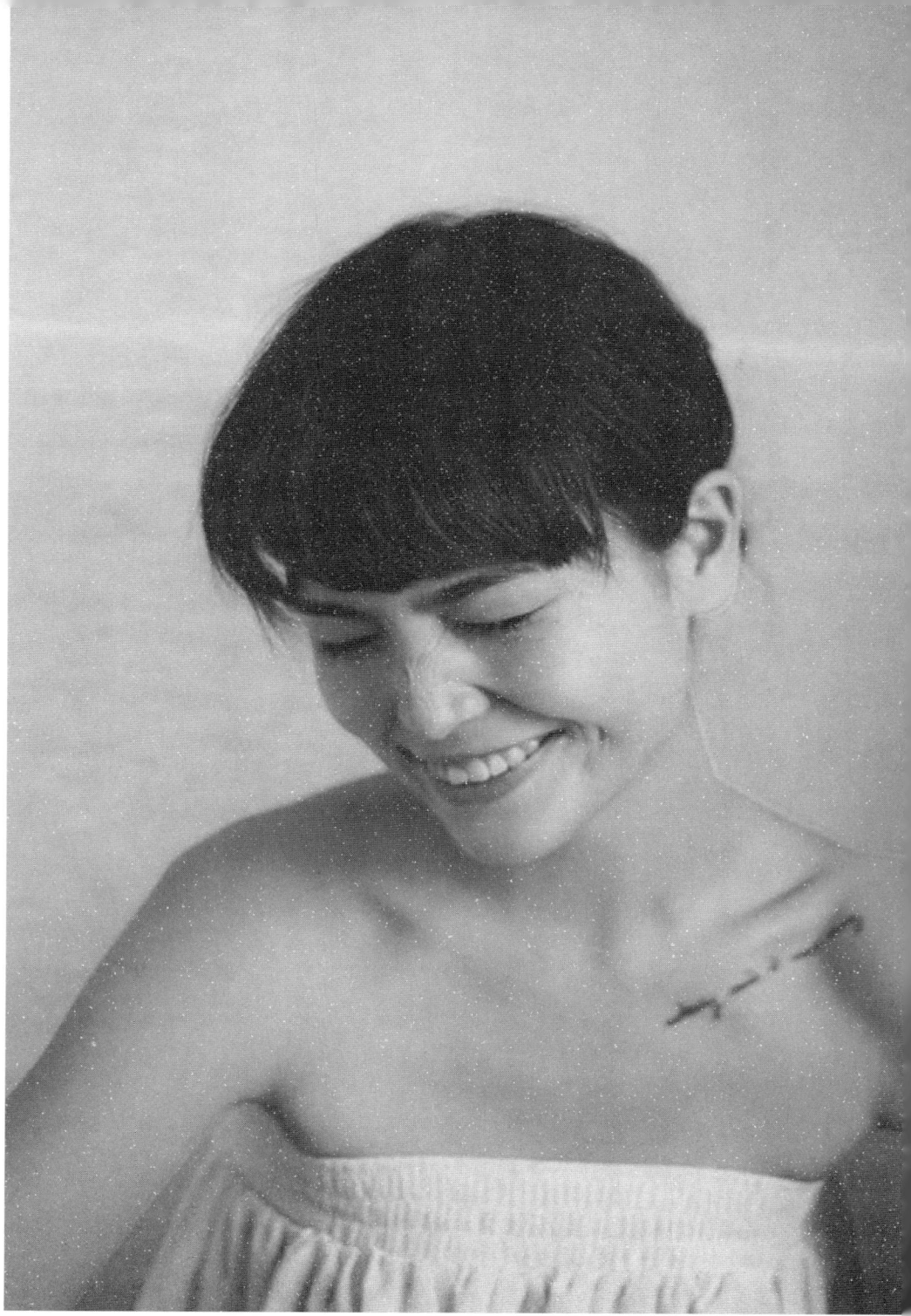

3.6

简约的
原点

"The simpler we are, the stronger we become."

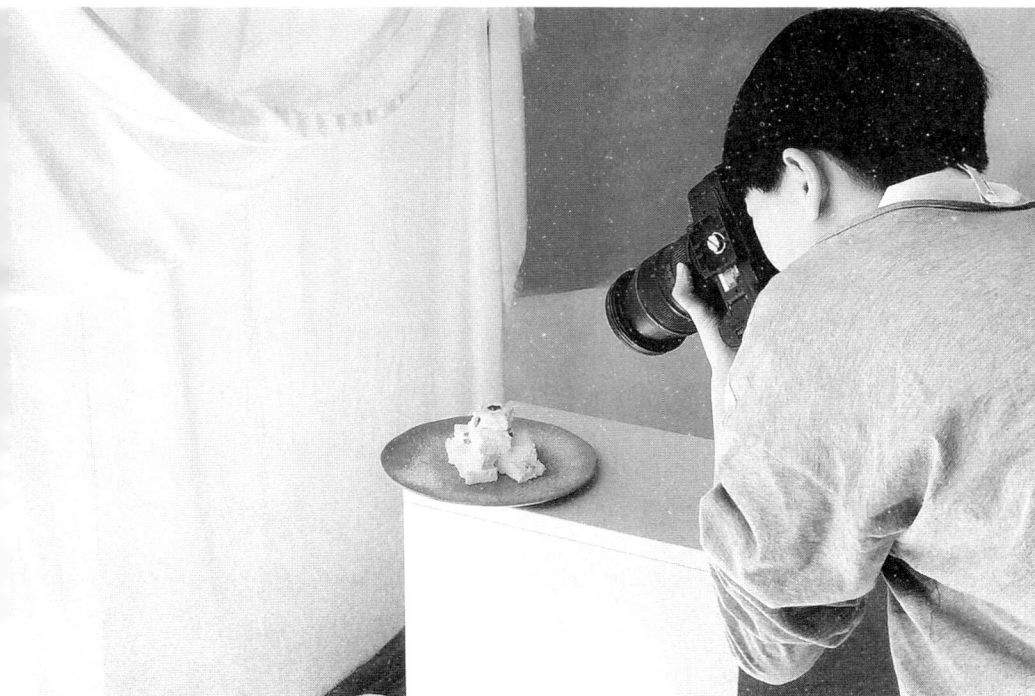

这一句话非常简短，意义却非常深远。对我来说，这句话可以应用到任何层面——生活上，最重要的衣、食、住、行；精神上，由人与人之间的相处至自己的心灵状态。短短的八个单词，却有力得很。

从小到大，我的衣柜、书桌都是乱糟糟的，东西也喜欢随处乱放。记得中五的一个晚上，我拿着沉甸甸的书包从自习室回家，本来神经已经绷得很紧，打开房门，看到凌乱的桌子、床、地板，心情更差。立即扔下手上的东西，收拾了三个小时。三小时过后，虽感觉疲累，但看着整齐干净的房间，有一种松了一口气的感觉。听说佛门出家人每天会扫地也是这个意思——扫走的，不只是尘埃，而是把心头上的烦恼，也一一清空。

之后，当然也有再乱起来的状况，但每次心情不太好的时候，我总喜欢收拾房间、衣柜，每一次也都很奏效，整齐的房间像灵丹妙药，让我的心情瞬间变轻松。不过，很快我意识到另一个问题——每一次，我都会清理出一两袋要扔的东西——大多是平时拿回家的宣传页、一些包装、旧了不合适穿或不舒服的衣服，等等。我平时实在带太多不需要的东西回家了！

的确，东西多，烦恼也多。首先要意识到眼前有什么"东西"！

生活"素学"练习

一直在买的衣服、包包、鞋子已塞满整个柜子，永远用不完但仍在买的新化妆品和护肤品，冰箱中囤积了短时间内也吃不完的食物、调味料、饮料，等等。

除了以上"有形"的东西，"无形"的呢？

好久没有清理的一堆电子邮件，散落于不同地方的 App，塞满假日的种种活动，外出前堆砌在自己身上的衣服、饰物和化妆品——总之，一切好像愈多愈好，实际上这一切为自己带来了无形的负担与压力。

东西愈多，重新整理需要花费的时间和气力也愈多，最后累坏了自己。

当然，重新整理也有它的价值，经过观察和思考"哪些对我来说重要，哪些对我来说没有了也没关系"就会发现一些真正值得保留在生活和生命里的事情。奇妙的是，这不就是我在艺术创作上一直追求的事情吗？

断舍离对我的意思，不是实质地决定把东西留下来或丢掉，而是一种心态和个人成长：当你有了自己的一套生活哲学，往往在一瞬间就可以做出一个最合乎个人原则和需要的决定。

继下定决心成为素食者之后，下一步我尝试着改变自己的生活，追寻真正的 Charlotte's Lifestyle。它的具体演绎，就是最基本的"衣、食、住、行"。我由饮食开始，再一步一步把简约的态度带到生活的其他层面，我的形象、我的关系、我的世界、我的创作，再与同途异路的人一起描绘属于自己的人生。

知道自己想要些什么；

拥有空间，才是自由的起点，也真正地体验到——

"Less for More."

PART 4

心灵『素』汤

4.1

素食女生与
肉食男生

我猜，世界上应该有百分之九十的男生不喜欢吃素。

或许应该这样说，百分之九十的男生不喜欢没有肉食。

我身边有些男性朋友，知道哪一餐他们要吃素的话，是真的会忧郁起来，有些更会开玩笑说："那我先吃肉，'打个底'来好了！"对于男生，只吃素菜，肚子还是会相当空虚，一顿饭没肉吃……"我不饱啊！"

对于"男生真的比较难成为素食者吗？"这个问题，我会称为，因为他们没有女生的决断和行动力（看我从肉食一下子转为素食就知道我真的有很强的行动力了）。男生与素食生活这个组合，是一件多么让人惊讶的事。

如何经营一段"素与荤"的爱情

在爱情的路上，又怎样？说真的，当时我转为吃素，真的担心过这个问题。将来的男朋友会不会因为每一餐要和我吃素而不习惯，甚至不会喜欢上我呢？

结果一：

当然是我交上了男朋友，交往也快三年了。

不过，重点是，你有没有清楚地了解自己或对方的想法？为什么你们会是肉食者和素食者？你们懂不懂得尊重对方的选择？常言道，恋人的相处之道，是沟通、互相了解，并尊重对方。这并非只是把什么食物放进口的问题，而是有关生活上所有的事。试想想，假如你们一个喜欢音乐，另一个喜欢画画，你们会因此嫌弃对方吗？假如你们一个喜欢放假在家看书，另一个则好动得非走出去进行户外活动不可，你们会因为这样而分开吗？ 常常听说一些恋人，在谈恋爱甚至结婚后，说大家性格不合，对方并不是自己想要的类型……那我想问一下，在决定在一起之前，你们有充分地了解自己和对方吗？ 还是只是一时的兴起与冲动，最后分手却是因为不了解呢？

结果二：

他是肉食者，但也会跟我吃素。

我男朋友是肉食者，但对吃素不抗拒，也喜欢跟我吃素，所以约会的初期，他也会主动建议吃素（男生初期都是这样哄女生的吧），我们的约会也因为去尝试不同的素食餐厅而感觉很有趣。接着，我提议可以去一些荤素搭配的餐厅。我们两个极喜欢吃上海菜，他喜欢小笼包、狮子头等；我则喜欢冷盘，例如香菜百页卷、手拍青瓜、素饺子（大爱！）等，所以我们去上海菜餐馆就各点各的餐点，后来我心爱的米线店推出了素汤头，那里也成了我俩的食堂。

那次在巴黎的最后一个晚上，我俩想试试在街头的餐厅吃法国菜，他吃他的蛤蜊和勃艮第牛肉，我吃我的烤杂菜和薯条——虽然是配菜但也煮得很用心，提醒餐厅别用牛油，他们大多会用橄榄油代替。美食配上白酒，我俩度过了一个非常浪漫又难忘的晚上。现在我们每到一个新的城市旅行，都会特地找一些有名的素食餐厅，订好桌子一起吃饭。

结果三：

荤或素，都不降低恋人的分数！

我没有强迫男友要跟我吃素，我也没有嫌弃或是讨厌他吃肉。正如一开始所说，关系里的所有细节，不强迫、不嫌弃，说到底，还是要了解、要尊重，爱情才是你跟对方的联结啊。当然，我还是希望他多吃蔬菜、水果，而我也很欣赏他喜欢吃素的心，每一次他陪我去吃素，我都心存感激。

想喜欢的人偶尔跟你吃得健康一点儿，自己下厨也是不错的选择。当你"辛辛苦苦"地煮得一手好菜，我相信你的他（她）也会欣赏这份心意吧！我们大多会做一道素食主菜，例如冬阴功杂菜煲，假如男朋友那天想吃一点儿肉，他会自己烤三文鱼或鸡柳，然后我们就可以开开心心地吃饭了。

只要用心经营，一段素与荤、相互尊重的关系其实很有趣。

各位素食男女，不用担心啦！

4.2

与母亲大人的
餐桌角力战

　　吃素对我来说，最困难的并非戒掉肉类和海鲜，而是要让身边的人接受。男友要迁就我嘛，再不情愿也只好付出一下，但要让"米饭班主"——我的母亲大人接受……

　　我妈妈的厨艺了得，常煮的中式菜有黑椒牛仔骨、蒜蓉蒸扇贝，煲汤也特别有一套，青红萝卜煲猪骨、西洋菜煲螺头等，假日还有最拿手的杂扒早午餐（我们家能不时吃到可媲美高级西餐厅的煎羊架……）。所以从小到大，我的每顿饭都有肉。我也特别喜欢吃妈妈做的菜，这样听起来，很幸福的对不对……是的，我小时候和妈妈的感情也特别好。

　　直至三年前，我开始吃素。与家人的关系，也立马紧张起来。

一年半的素食抗争

　　因为我从小就有贫血的问题，面青、口唇白，也容易头晕，相信任何传统华人家庭的妈妈都不太赞成子女吃素的决定。而且，我吃素的态度非常决绝（连锅边素也戒掉），家人一下子适应不了。加上转吃素的头一两个月，我因为什么都不懂，体重明显下降，看着我一直变瘦，

➤➤ 小时候的我和妈妈是最好的朋友。

妈妈也开始着急。有一次，正在家煮饭的妈妈，突然从厨房走出来，既生气又无奈地说："这些又不吃，那些又不吃……真的不知道你可以吃什么！"

的确，要改变上一辈人对吃的看法很有难度。刚开始的我也以强硬的态度应对，一副"你不煮，我不懂自己做菜吗"的态度，开始在网上搜寻素食食谱。只是，从小在厨房只懂替妈妈腌肉和炒菜的我，其实下厨经验很浅薄，还好网上的食谱和影片来源很多，尤其是西方国家充满创意又好看的素食菜式，让我爱上了煮饭。

吃素三年，头一年半与妈妈的关系不太好。以前我们周末喜欢上街吃饭，但我吃素以后，那些过去喜欢的餐厅大部分不提供素食，自然外出进餐的机会就少了很多。幸好哥哥明白我，他总会在家人聚餐的时候替我解释"为什么吃素""为什么吃素连鸡蛋都不吃"。我从小就不是口才了得的小朋友，被亲戚朋友问到哑口无言的时候，哥哥总在背后挺我，帮我解答。

什么时候我和妈妈的关系缓和起来了呢？我已经忘记了。但原因我知道，是爱。

妈妈的让步与接纳

我看见，餐桌上的纯素菜式开始变多，也愈变愈丰富，肉汤变成由栗子、腰果煲的蔬菜汤，吃饭时妈妈开始告诉我哪里开了一间卖素食材的店、有什么有趣的选择，妈妈日常借阅的图书中，素菜食谱渐渐多起来。妈妈嘛，口中说不，心里却是关心儿女的。

当然，身为女儿，有些事情也是可以做的。例如多带妈妈去尝试不同的素食餐厅（近几年香港的素食餐厅风气也是愈来愈旺盛，选择也更多），试过不同的食物后，又可以跟她讨论一下菜是怎样弄的，下次回家也可以试试，等等。

逢年过节大鱼大肉的时候，虽然大部分菜式我真的不能吃，但我会到厨房帮忙洗洗切切，也有了时间陪长辈聊天，开怀的笑声充满了厨房。团圆饭和"做节"的意义，不就在这些人与人的交流当中吗？煮和吃什么反倒不重要。在没抱特别大的期望下，最近过年，我得到了奶奶亲手做的素芋头糕（就是没有腊味而已）！转变小小，意义大大！

太多时候，年轻人都在嫌长辈煮饭、炒菜不符合现今健康和营养的标准，但想深一层，其实他们窝在厨房忙就一心只想你吃得饱吃得好，有营养有健康——只是大家生活的时代不同，看待营养和健康的准则不同而已。所以，年轻人真不妨循循善诱，别老和长辈对抗！

吃饭，从来都是一件大事——对中国人来说意义更重大——能够一同围在桌子前饱吃一顿，一起分享祖母、妈妈为我们准备的美味家传拿手菜肴，一屋子的欢声笑语，是让人难忘的温馨快乐时光。

无论离家多远、多久，还是对那种味道念念不忘——那是她们最真诚的爱。

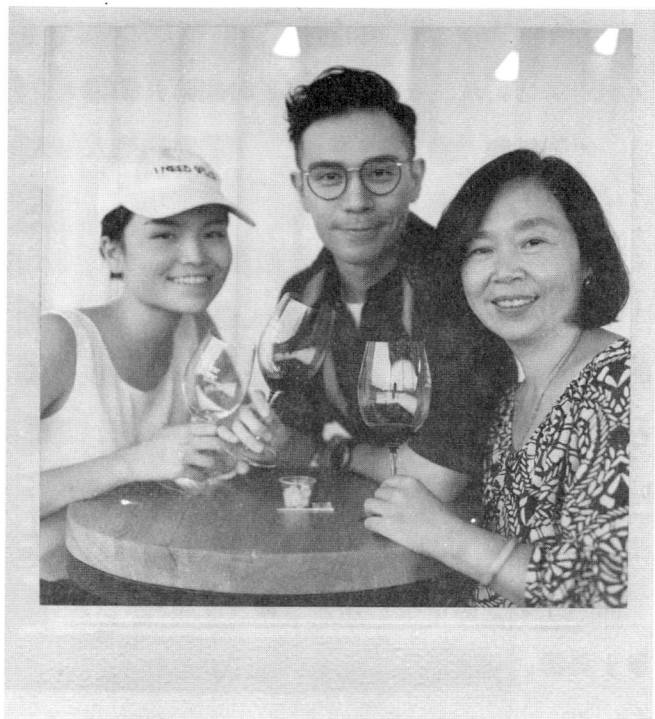

4.3

大病一场后，
重新学习聆听身体的声音

"吃素以后，身体真的会干净、敏感起来？"

就在起笔写书的 2018 年 2 月，刚好飞到纽约过农历新年的我，得了"急性化脓性扁桃体发炎"。

"急性化脓性扁桃体发炎"是什么？我怎么知道！

我只知道，刚发病的时候，我的身体忽冷忽热，扁桃体、喉咙、耳朵非常疼，整个身体也疼，每天睡不着。好不容易强迫自己睡着了，但每次睡醒的时候又很辛苦，感觉身体又差了……每天睁开眼，（除了哭）第一件事就是找止疼药吃。事后我跟家人笑着说，那段日子我大概吃了一辈子止疼药的量。活了 27 年，还是头一次病得每几小时就要设定闹钟起床吃药。

生病的时候身体最敏感。我无法用三言两语解释当时的情况，总之就是每次吞口水都像有千军万马在我的嘴里放箭一样，我必须鼓起很大的勇气才可以吞下一口水，接着还有痛苦的呜咽声。

养成"素净体质" 对食物更敏锐

美国正值下雪的时节，室内开着中央空调，干燥的空气令气管和喉咙的状况一天比一天严重。有一天晚上，当我戴着口罩，不知道怎么样才睡得着的时候，男朋友不忍心看我这样辛苦，冒着雪走出去替我买了一部放热蒸气的加湿器，我这才得以在房间好好休息。

人在异乡，误打误撞地到访了一次社区诊所、一次医院急诊室、两次耳鼻喉专科，做了几次小手术抽走发炎的脓，把机票延后了一星期，总算好了起来。过程其实很漫长，但我不想仔细回忆了。医生说这是抵抗力偏低才会出现的情况，也有可能是因为长时间的飞行让身体太累加上休息不足才会引发的。

当然，我自己也总结了几个原因：

（1）休息不足；

（2）工作压力太大（临出发前十天仍在赶不同的工作、跟不同的单位周旋）；

（3）水土不服。

水土不服，是因为我对纽约无论是天气还是食物，都很难适应。二月初的天气乍暖还寒，有下雪的日子，也有可以穿短袖的大晴天。食物呢？每天都在吃薄饼、脆片等美式食物，一方面热气上火、口味重，另一方面新鲜蔬菜、水果也不够吃，几天积累下来营养摄取也不足。在香港长期吃得比较清淡简单，结果到纽约多吃了几道重口味的食物，很容易就感觉身体不适了。

"这就是吃素的坏处吧？"

我建议大家反过来想想，习惯去吃些对身体不好的食物，直到身体接受了，这又是什么好处呢？ "You are what you eat"——原来吃素三年，身体会调节成为一个比较干净、敏感的状态。一旦接触到外界一点儿的"污染"，身体反应真的很直接就告诉你哪里出问题了。结果，我用我的身体和一次经历，去提醒自己，努力维持饮食和作息平衡的素

食生活态度，是有多重要。

生病后的一段时间，我每天维持着最低的工作量（甚至零工作），感觉自己的身体变化，只吃对身体有营养的食物，新鲜水果、蔬菜、汤，煎炸食物、甜点一概不吃。植物性饮食，除了营养价值高之外，当中的膳食纤维也能刺激肠道加快蠕动，帮忙带走身体中的废物，后来我就慢慢恢复过来了。

在大病初愈，也是最后一次复诊后，我到纽约的 West Village 散步，本来应该严寒的二月竟然出现了气温高达 17℃的大晴天。医生开玩笑说这是全球变暖的最大祸害，我却觉得这是上天安慰我而给我的舒适的一天。

转念一想，人类对地球够差了，结果夏天愈来愈热、冬天愈来愈冷、海平面愈升愈高、风暴愈吹愈凶、天灾引发的祸害愈来愈大……这不就像我们的身体？不好好对待它，结果就会身受其害！

4.4

27 岁的我学会的
27 件事

经历是人生最真实的学习。27年来，我经历过一些人和事，领悟了一些生活的基本原则。每一天，都是一个"做人"的练习。

（1）早上照镜子向自己微笑，不再执着于脸上的小瑕疵，为看起来已经睡饱的样子而感到满足。

（2）从遇到大厦管理员开始，到遇到的车厢中对视的陌生人、学校的老师、同学、工作的同事们、咖啡店的店员、午餐时餐厅的服务员……别吝啬给他们一个微笑。当你领略过以一个暖心的微笑融化别人的力量后，你会发现美好是非常简单的。

（3）和别人谈话时，看着对方的眼睛，把专注力都放在谈话上。别人也会因为这样而更喜欢和你交流。

（4）有礼貌是最基本，也是最重要的事。

（5）生活上遇上一点点不如意的事，不要发脾气，也别为此不开心，有时候，一笑置之就好了，或者放松地喝一杯热可可，这样可以令心情好起来。

（6）明白自己不可能讨好身边的所有人，却有能力成为自己也喜欢的自己。

（7）对错与仁慈，两者必须选其一的话，请毫不犹豫地选择仁慈。

（8）工作不是必需的，但能够为所喜欢的事而付出，是最美好而满足的事。

（9）请好好地说："谢谢你""对不起""我爱你"，这三句话，是最有力量的。

（10）选择善意，而放弃批判；放过别人，也放过自己吧。

（11）也许你犯过一些错、伤害了一些人，但不要紧，现在的你可以避免犯同样的错误。

（12）做错事的时候，要说对不起，要好好地反思自己什么地方做错了，然后真诚地向别人道歉，通常别人也会原谅你的。

（13）当然，别人也有可能不原谅你。别慌，就当是一场教训，也要明白这是人之常情。

（14）当你看见别人犯错的同时，尝试去了解背后的原因，这样你就拥有了原谅别人的能力。

（15）这些年，你也许跟一些朋友疏远了，但不要紧，最重要的是那些明白你的、支持你的朋友还在身边。

（16）也许爱过几个人、谈过几场恋爱，后来没有再跟他（她）们联系，但不要紧，你明白有时需要放手，才会真正拥有。

（17）也许你失去了一个对你很重要的人，但不要紧，那些痛苦让你成长，也让你珍惜当下的每一刻。把每次都当作最后一次。

（18）关系是需要时间去建立的。请放下你的手机，和朋友们见面、聊天，和家人外出吃饭，和伴侣去看电影吧。好好关心一下他们，也让他们关心关心你吧。

（19）当你真正地爱一个人的时候，你会看到自己无限的可能性——因为无论发生什么事，你都选择了和他（她）一起生活。也因为你们彼此相爱，你愿意走出舒适圈，去接受改变。爱和被爱，永远是一个学习、自我发现的过程。

（20）明白你才是自己的主人，人的一生太短暂了，要努力成就自己。要选择舒服的、平淡的生活方式，没有哪个人特别优秀，能够随自己的想法，便足够了。

（21）无论多忙，都要花些时间阅读、学习——这才能真正丰富自己的人生。

（22）健康是最重要的。新鲜、健康的食物可以给你丰富的营养，好好照顾自己的身体，别到生病的时候才后悔。

（23）乐于助人、大方地分享所拥有的一切——分享，会令你更加富有。

（24）真诚比才华更重要。

（25）每个人都有自己的步伐、节奏，没有谁对谁错。

（26）像素食一样，生活中的各个范畴，越简单，你得到的越多。

（27）把每一天当成最后一天过。

当然，每一天也是一个学习的过程。

明天，甚至下一秒，我学到的事又会多了。谁知道呢？

4.5

因为热情，
所以主动

我一直觉得，自己并不是一个行动力强的人。直到写这篇文章的早上，我跟一个法国朋友吃早餐，交谈之际，我提起自己正在写一本有关素食的书。他说，你真的是一个蛮有行动力的人，说要写一本书就去做。我笑着说："你还是头一个这样觉得的人。"

之后，这个问题一直在我的耳边回响着——"我真的是一个如此具有自发性的人吗？"

不停发掘新世界

我是感觉型、直觉型的人，换句话说，我是蛮被动的一个人。从小到大，我没有任何很想做的事情或要达到的目标。在香港的教育系统下长大，是"有什么就做什么""被要求什么就达到什么"，不同的功课、测验、升学考试、高考……全部都有一个既定的时刻表，不许停，不可留，忙完这边就忙那边，完成学业上的一个个任务，直至升上大学，修读创意媒体的我，才发现自己想做什么、喜欢什么，应该由自己决定——世界很大，至少比教室和自习室大。

大学里，除了一些必须交的作业（虽然自由度很大），其他的时间都由自己安排。这样的生活，说实话，是会让人有惰性的。我相信每个人生出来都是喜欢舒适感的，都想做轻松的事。我还真的这样过了头几个月。慢慢地看到其他人的艺术作品，发觉自己的美学尚有很大空间可以提升、知识也不够，便每天花一至两个小时在网上看不同的艺术作品，也找朋友学习怎样用电脑上的软件画图，又由零开始学素描。

慢慢地，我的基本功因为练习多了而变好了，也应用到自己的作品当中。我猜，这是我头一回因为想进步而做的事。

直至毕业后几年，我都是顺其自然的，在电影制作公司的美术部待过，也在摄影工作室当过制作，一开始，只知道自己不喜欢什么，就转去试其他的东西（现在想想这是年轻的缘故吧）。到后来，开设了属于自己的时装网店，才发现自己喜欢时尚风格、喜欢创作理念及设计、喜欢利用镜头去呈现世界美好的一面。

茹素使我变得更直接

当我为自己打开了大门，迎来的是接踵而至的创作机会，每一次我都把自己的世界观与其他人分享，一步一步地实现。我记得，曾经有一个案子的客户，说我好像把不是自己所负责的东西也揽到自己身上，他觉得付给我的钱不够多。"我工作不只是为了金钱的。"当然，金钱也非常重要，但对我来说，能够创作的成就感的确更大、满足感觉更多。后来，管理网店、拍摄、创作、开自己的博客，从影像到文字，把自己眼内的世界一一带到现实。随着分享，我感觉自己的存在更有意义。

当然，性格的转变是一件综合经历后发生的很复杂的事情，我不可以单纯说吃素就令自己"转性"。不过，我的确因为吃素对追求的东西更直接了，就像起床的时候，想喝果昔，就去弄，想创造自己的风格，就去穿自己喜欢的衣服，想分享就创作。简单、直接，把握眼前的机会，别让自己后悔。我觉得，这是寻找到喜欢做的东西、真正有热情的事而带来的动力。

我仍然是那个被动和害羞的自己，但我明白，如果我永远被动，人生就不会有改变。真正的成长在于踏出自己的舒适圈，而当自己找到真正有热情的东西（比如我就是茹素和创作吧），就会停不下来地去追求为自己带来满足感的事。

2016年我举办了人生首场小型摄影展览，第一次突破了自己的舒适圈，
勇敢地去做一件很想做的事。

4.6

享受身心
静下来的时光

你孤独吗？

怕孤独吗？

读书的时候，身边常围绕着一大群好友，活动、聚会等填满了日程表，直到投身社会以后，才发现自己原来有很多时间（因为他们也各自在忙了）。孤独有时候会让人软弱，尤其在深夜，更容易让人感觉无助，想有人陪。在寂寞的时候想得到慰藉，是人之常情。

因为害怕寂寞，交通工具上每个人都在低头玩手机，不让自己错过最新最快的信息，不让自己有一分一秒静下来的时间。在社交平台上，上传播着也阅读着别人最新的动态，就当"朋友"无时无刻地在身边。我们太习惯日复一日、年复一年被这些东西包围，从而降低空虚感。

"素"去纷扰　跟自己对话

今天带着笔记本电脑到常去的咖啡店工作时，店内刚好来了一个单位的四名女职员吃午饭。从坐下开始，她们45分钟内都是七嘴八舌地在谈论公司的是非，坐在角落位置的我把全部对话都听到了（我没有偷听但小店就是空间比较小嘛）。我不禁在想，自由工作者习惯了一个人，如果我也在上班的话，会因为怕落单而加入她们吗？

走进书店中，那一个书架上满满都是励志类的图书。《如何让人一分钟留下好印象》《怎样提升说话技巧》，等等，好像在帮助我们，怎么和其他人好好相处。的确，从小到大身边会有许多不同的朋友、圈子出现——长时间要和人相处，那其实蛮花精力的。而我们总是期待身边的人了解自己、陪伴自己，认为那才是圆满的。

孤独总被认为是忧郁的。用颜色比喻的话，如果热情是红色、快乐是黄色，那孤独就是暗蓝色，寂寞、空虚、冷、悲伤。但，我们不是天生就是一个独立的个体吗？为什么我们不能接受和享受一个人静下来的时间？

没有与自己独处的时间，等于没有思考的空间。睡觉前会在床上回想当天发生的事，走路、阅读时会思考——那些独处的空间，你留给自己了吗？懂得独处，才可以更清楚地认识自己。孤独时会感到忧郁？那便试试找出让自己郁闷的来源——拿出纸张写下自己的想法，和自己对话可以让你更了解自己。有一段时间，爱拍照的我喜欢在 Instagram 上分享自己的感受，照片加上短短的文字，其实像写日记一样，聆听自己、面对自己、反省自己。

茹素之后，我更仔细地留意身体的变化，聆听它给我的每个反应，偶尔它"投诉"一下，我立刻就知道出了状况。同样地，独处并不寂寞，因为你正在跟自己沟通。你可以表扬一下自己最近的小成就，检讨一下自己做过的坏事，有快乐的事就微笑一个，有悲伤就安慰一下自己。

虽然，人与人的社交活动很重要，但同时，也不要害怕留空间去享受独处。无论你做的是什么——阅读、做梦、煮饭、画画、写作、冥想、工作，学习享受每一个远离纷扰的独处时光。如果真的发觉自己不快乐，就问自己那个源头到底是什么，然后好好面对它。当自己一个人时，就学习让自己快乐起来。学有所成，将来也会懂得让别人快乐起来的。

4.7

抑郁过后的
平静

"内心平和，是经历风浪后，回归平静的一个状态。"

我看上去很开朗，对吗？无论是我的照片、我的文字，还是我的作品、我的生活，我总像拥有很多的正面能量。说真的，成长时期什么事情都觉得很容易，开开心心的，但这样的日子转眼就过去了。在吃素前后的半年时间，我发生了轻度的情绪问题：抑郁。

那段时间，我不想说话，也不想见任何人。每天待在家中，有时会躺在床上不想起来，也经常无故落泪。没有胃口、自我认同感极低、形象差，晚上睡不着，早上拼命做运动，想要累一点儿又完全没劲。在社交网站上常常"放负"，讨厌自己，完全浸在思想的黑洞里。

当我发现这个情况后，虽然依旧多愁善感，但不想再纵容自己待在洞穴里头不走出来，所以我开始努力让自己从梦里醒过来。不再只是关心"成长从来不容易"，而是关心如何慢慢找到和了解真正的自己，而不"害怕"。

是的，不擅表达的我就连和自己对话也觉得非常困难。总是想找借口逃避，害怕一旦触碰到我不想看见的一面而感到困窘，更不要说什这张照片是 2017 年初摄影作品 Six Auras Studies 内的其中一幅。

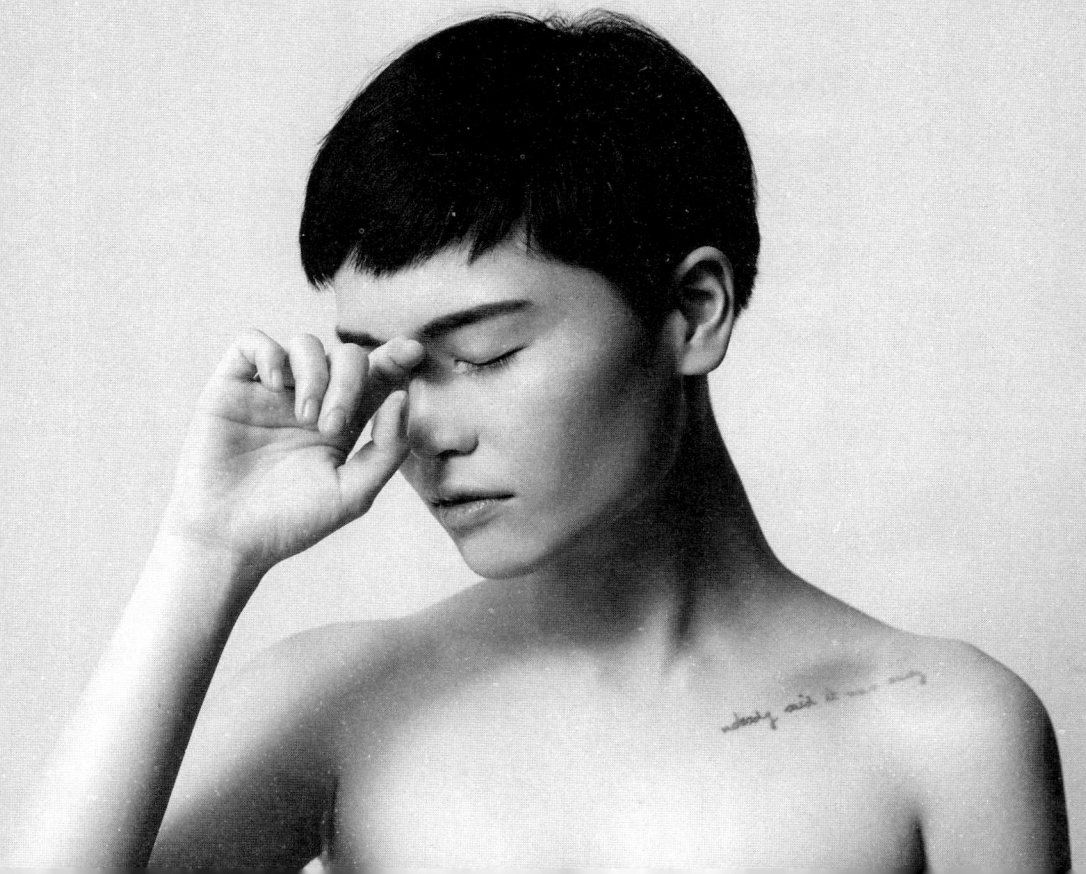

么接受自己、再求改变之类的东西了。恐惧和痛苦——实在而有力，某种程度上我认为这比正面的能量更有利于心灵沟通和认识自己，只是，这个过程不免感到寂寞，甚至会迷失自己，沉溺在那失落的挣扎当中。假如没有人把你拉出来，自己也没有要走出去的意向，那根本就是人间地狱。

麻烦的是，你其实很享受站在原地，因为在这个伤感的洞穴中，你有安全的感觉。

我知道，为了爱自己和自己爱的人，不可以放弃。走出阴霾，是一个决定。决定自己不再在阴影中活下去，把那份悲伤转化，我要过得更好。

走出阴霾，"素"造自己的快乐源头

现在回想起来，实在应该感谢一些朋友、老师一直在身边，也感恩自己一直喜欢舞蹈——那一星期两次的练习支持着我走下去。每次闭上眼，躺在地上，听自己的呼吸声，感受汗水流下……那一瞬间，我感到活着的动力。

而成为自由的摄影师和设计师后，工作也让我感觉充实。

也因为饮食习惯的改变，从起初研究营养知识、寻找食谱，再在网上分享自己的素食经历和故事，渐渐得到大家的认同和欣赏，也有朋友因为读完我的文章而尝试改变，这一切也让我感到很充实。一切一切，成就了今天的我。

所以，我不会批评别人在网络或社交平台上争取被注视和追求认同感，因为突然出现的一个赞、一颗心、一个留言，在你感到悲伤之时，它的安慰力量比轻触屏幕的一下大了 100 万倍。

　　后来，我变平静了。

　　也许大家仍未发觉，可是……你的心情、你的态度，影响着身边的人。我的愿望，是通过分享自己的照片和故事，慢慢地感染身边的人，让世界变得美好一点儿。我的笑容，是因为别人一直以来的包容，也因为，我感觉自己应该要更宽容，接受生命里总会出现的种种不如意的事情——然后闭上眼、深呼吸过后，继续把正能量散发出去。

"不开心未必不堪　快乐也要找原因
一瞬间低落　然后我自然又再生"

《开不了心》

词：林夕

➤➤五种色系，五种能量和气场。

Red:Nate Wong

Orange:Ranee K.

Yellow:Abdela Igmirien

Green:Zuice Lau

Purple:Andy Wong

4.8

素·爱

素食生活有没有影响到我爱人的态度?

首先，我想说一说什么是爱。

有些人可能认为，素食者大部分缺少七情六欲，内心总是比较平静，也比较有大爱。

这个我不否认，不过，为什么吃素的人比较有大爱？我觉得是一个相互影响的结果。

吃素的人，因为没有吃下动物被残害时的情感，内心总是比较祥和；

吃素的人，因为植物性饮食大多比较环保（种植业的碳足迹远远少于畜牧业），总是比较爱护环境和大自然；

吃素的人，不愿意为了满足自己的欲望而做出伤害动物的事。

爱大自然与爱人

因为爱环境、爱大自然，继而爱在大自然中生活的动物，不让自己成为伤害它们的一员，也因为想让地球更加美好而环保起来，不轻易浪费食物、纸、胶，甚至是衣服等。由小至大，由微观到宏观，一步一步，你对身边的事物，以至世界也关心起来。

只要你愿意"麻烦"一点点，自携水瓶、餐具、餐盒、环保袋等，就可以避免使用即弃的东西；只要你愿意"牺牲"一点点，当朋友在大鱼大肉的同时，你在一边吃青菜淡饭，就可以坚持自己的信念；只要你愿意"付出"多一点儿，多走一点儿路、找出素食的不同选择，甚至可以让身边人也受你的影响多吃素。

对于我们素食者来说，这些麻烦、牺牲和付出只是本着自己"爱"

的信念，而把它在日常生活中实践而已，是一件很美好、很满足的事。

因为你对大自然有同理心，对身边的人也有同理心。

将心比心，你会慢慢代入身边人的想法，感受别人的感受。自己的感觉虽然重要，但那并不是世界的中心点。想别人爱你，就需要先爱别人，无论是家人、朋友、同学、同事，甚至是身边的陌生人。爱与被爱，一句话，一个拥抱，简单、直接。

有人说情侣间的爱是另外一回事。的确，爱情上，我们总是比较自私一点。在性格不合、有争执的时候，我们总想着对方是不是不适合自己，我们总看重自己多一点。你我都曾有过，年轻的时候，在稍有不顺的时候，很容易就放弃了。

爱——需要重复的练习

我读过一本书，叫 *The Art of Loving* 。

"Love is a decision, it is a judgment, it is a promise. If love were only a feeling, there would be no basis for the promise to love each other forever. A feeling comes and it may go. How can I judge that it will stay forever, when my act does not involve judgment and decision."

——*The Art of Loving*

"爱是一个抉择、一个判断、一个承诺。如果爱只是一种感觉，便不可能有承诺永远去爱对方的基础。感觉来了也可消散。如果不是基于判断和抉择，那凭什么我决定爱可以延续一生一世呢？"

的确，我们都认为爱人的能力是与生俱来的，不需要学习或练习，其实不然。每一段感情、每一段关系，都是一堂课，教你学会怎样去爱，怎样把内在的爱念，转化成自己和别人都能接收和感受到的爱。而对着最亲近的人，不是更应该花心思，好好学习和练习吗？

关于爱，我觉得需要把握和珍惜。把每一天都当作最后一天过，别让自己有后悔的机会。

直至今天为止，唯一一件，我觉得后悔的事，是在爸爸离开我之前，我没有好好地去拥抱他，告诉他我有多爱他。有些时候，错过了就是错过了。那么接下来要做的，便是学习不要再错过了。

累积

飞行里『素』

5.1

在世界的角落
寻找美味和自己

每一个国家、每一个城市——
每一次真实地游走在想象了很久的空间。

对我来说，每一次旅行，都是重新开始。

不知道是因为不熟悉那个地方、语言、天气，还是时差——充满未知的新鲜感，使我爱上旅游，我每隔几个月就想出门。

不过也因为未知，身为素食者的我，还是会有所准备的——

即冲食品：防不时之需

小时候出门，总爱放一两个杯面在行李中，以防食物不合胃口（虽然大多数时候是原封不动带回家）。近几年，我还有这个习惯，不过不再是杯面，而是一些即食的冲调食品，例如即冲燕麦片、芝麻糊等。为什么呢？

因为每到一个地方旅行，人生路不熟，语言也未必相通，经常无法立刻找到素食餐厅，在普通餐厅也点不到"去掉肉类"的菜式。记得，有一次我前往日本白川乡，因为入住的民宿提供早餐及晚餐，我已事先请懂日文的朋友帮忙通知民宿主人我是素食者，希望他们可以准备素菜餐点。民宿的主人知道了，然后精心准备了丰盛的海鲜（他们就跟香港那大排档阿哥一样都以为素食者就是不吃肉类而已）——结果最开心的，就是我男朋友了，一个人把两份餐点吃完。民宿位置偏僻，附近没有便利店，那个晚上我就只好以燕麦片果腹。

然而，这样的情况其实很少发生，也可能是我的电子邮件表达得不够清楚吧。其实，世界上有很多地方也流行素食，例如台湾、柏林、伦敦、纽约、洛杉矶，等等。可能是宗教因素，也可能是越来越多的人更关注健康，现在找素食餐厅并非难事。

牙买加风味素食　Jah Jah by Le Tricycle
地址：51 Rue De Paradis 75010 Paris,France

全素越南菜　La Palanche d' Aulac
地址：13 rue Rodier Paris,France

"Happy Cow" App 帮助搜寻附近的素食店

　　现在的科技一日千里，如果你手上有一部可以上网的手机，要找素食餐点就更容易了。无论是在 Google 还是其他搜索引擎上输入关键字，如地点"巴黎""涉谷"，再加上"Vegetarian""Vegan"等字眼，立即会有很多媒体报道或网络文章出现。最近我更喜欢用 Google Map，只要输入"Vegetarian food near me"，便会有附近的素食餐厅从地图中显示出来！

　　此外，手机应用程序"Happy Cow"我也是非常推荐的。无论是全素餐厅、蛋奶素餐厅，或卖素食食材的商店，只要一搜索，就可以把你附近的店找到。而且，我最喜欢的地方是它具有用户评分和价位，那就可以参考更多资料了（以防中了餐厅的虚假宣传圈套）！ 我 2017 年到巴黎旅游时，也在住宿的地方附近找到了两间素食餐厅，一家是非常美味的全素越南菜馆，另一家则是牙买加素食小店，有热狗和炸香蕉"薯"条！朋友去法国爱吃海鲜、芝士，我到法国爱找全素美食。牙买加菜，你没有试过吧？！

在农村集市上寻"宝"

最后一个小贴士是推荐大家可以找些有煮食设施的住宿点，例如从 Airbnb 上搜寻房源。如果真的找不到素食餐厅，那就自己下厨做！

这会让你发现更多的乐趣——每个国家的农村集市都是我最喜欢去的地方。走过这么多集市，意大利的集市最叫人难忘。无论是农民自家种的蔬菜、水果，还是亲手做的糕点、面包、薄饼、芝士、香料和酱汁，等等，因为充满着意大利的阳光和土地的养分，每一种的质量都非常高，也超级美味。

➤➤ 除了品尝美食，与朋友相聚的时光也是令人难忘的回忆。

新鲜、五彩缤纷的蔬菜、水果让人垂涎。我记得，那次到意大利背包游的我想省钱，每天的早餐自己准备——结果就买了一大堆时令的水果吃；也有几个晚上，我在住处下厨煮意大利面。相信我，在不熟悉的地方逛集市、和当地的小贩农夫打交道、亲手用新鲜的食材做餐点，将会是你旅程中最难忘的回忆。

➤➤ 意大利米兰的 Mercato Metropolitano 集市，可惜现在已经停止营业了。

➤➤ 2015 年 5 月摄于威尼斯圣路济亚车站。

美味以外的旅行意义

旅游的快乐，是在未知里寻觅到种种惊喜。找到好吃又地道的素食餐厅，也让我感到满满的幸福。可能有人会觉得，素食者不会在旅行中失去品尝好吃的食物的机会吗？其实，好吃的素食也无处不在呀！而且，我认为旅行的意义，不只在于寻找美味，而是在于在一个陌生的国度了解并重新发现自己，在回家后，保持着一样的力量和勇气好好生活下去。

几年间积累了不少飞行里"素"，在下面的篇章，我会分享一些我转为素食者后，在世界各地游历时的所见所闻，里面有好吃的素食料理，也有旅途中的种种体验。

5.2

别习惯
台北口味成自然

有人说 21 天就会养成一个新的习惯。无论是好习惯、坏习惯，只要坚持进行 21 天，就不难坚持下去。

我常常用这"21 天养成法"让自己养成更好的习惯。每天跑五千米、每天早上喝水、晚上 12 点前把手机调成飞行模式不打扰休息，等等，而这个"21 天养成法"也成功地让我戒掉很多陋习。

自从半年前开始转为纯素食，脑海中便经常有这些想法：

"为什么一定要加奶、蛋才做能做出好吃的甜点？不放蛋和奶，真的不行吗？"

"为什么从小到大我们都觉得牛奶是有营养的食物？"

其实多多少少是因为我们一直以来的饮食习惯。我们太习惯有牛油香味的曲奇饼，太习惯有满满奶油的朱古力咖啡，太习惯早餐要吃到炒蛋，等等。一切都是太习惯，而习惯慢慢成了自然。

试试打破陈规，也许会带来更多的惊喜，也更健康呢。习惯里的台北就是盐酥鸡、麻辣锅、烤香肠、煮卤味？这次到访台北，我一连到访了两间让我对传统食物改观的店，同时也让爱美食的我的肚子非常满足。

无蛋奶"蛋糕"的诱惑

女生总是经常想吃甜的。偶然间我看到网上的推荐，找到了这家纯素"蛋糕"店。这家店是木系装潢，不管是植栽绿植还是陈设，都让人有非常舒服的感觉。除了卖甜点，也卖一些小吃、饼干和原材料，当然，

我的目光还是被蛋糕柜内的甜点所吸引……这里的甜点标榜不使用蛋、奶和动物性原料，也不加入色素、防腐剂，所以吃到的每一口都是新鲜好滋味。

Green Bakery 绿带纯植物烘焙
地址：台湾省台北市松山区延寿街 171 号 1 楼

他们有我最喜欢的朱古力布朗尼！使用非转基因改造的有机豆腐，也用葡萄籽油取代厚重的奶油，每一口都可以吃到中间那又软又香的无花果干，不甜腻的浓浓口感，让布朗尼显得更轻盈了一点，对身体也没太重的负担。不消三分钟，我就把一块吃完了……

另外，这里也有很受女生欢迎的纯素杯"蛋糕"。基本上说得出的口味都可以吃到：朱古力、柠檬、花生、抹茶芝麻、桑葚、紫薯，等等。店员说，"蛋糕"上面的挤花是以紫薯、红菜头等材料制成的，比传统奶油健康得多呢！

这次我就点了朱古力咖啡口味，72% 的比利时朱古力配上香浓的咖啡味道……吃下去，让人有浓浓的幸福感。重点是，两款甜点，味道完全跟"普通版"（我记忆中的）一样！甚至，感觉更新鲜，也吃得出制作者的用心。

说真的，我跟一般女生一样，很爱吃甜的，但也怕胖。以前，无论多好吃的松饼、蛋糕，每次吃完我都会觉得难过……因为会胖起来。现在，我偶尔会放松一下——找健康一点儿的选择，例如纯素、有机的甜点，也尽量早点吃，基本上下午三点前吃完就没关系。还有，放弃乘巴士，我可是骑了15分钟的自行车去的这家店，一路上的树影让人感觉很舒服！

所以，请大家明白，纯素食不需要"放弃"好吃的食物！只需要花一点儿心思，也是有很多健康、天然、轻盈，又不伤害生命的选择。

在原木菜架上挑配料的另类车仔面

记得中学时期最爱的午餐，一定是车仔面，可以选自己喜欢的配菜和面种，鱼丸、猪血、生菜，再加上老板那招牌的辣椒油，的确是小时候的美味快餐排行榜头几位之一；另一个原因，当然是因为它便宜，一星期可以吃上三次。

吃素以后，由于车仔面的汤底大多用肉煮的关系，地道的美味只能长留在我的回忆中了。但前阵子在台北，却找到一家很红的卤味店。

这家店虽说是主打"卤味"的，但却是全素食的餐厅。面和不同配料一包一包放在柜子里，新鲜翠绿的蔬菜一束一束地展示在透明柜子上，只要拿着小布包，把想吃的东西放进去，再递给店员就可以了。百页豆腐、高丽菜、木耳、海带和特别一点的水莲、紫米糕、秋葵等都有，有二十多款素食配料。

没有一般车仔面、卤味的油腻感，汤头是由药膳煮成，香气扑鼻又很养生。汤底本身的味道已很足，自己还可以额外再加调味料，撒上海苔和一点点柚子酱，吃下去就是"健康版"的车仔面，这真的让我想起中学时的美好回忆。

VEGE CREEK 蔬河（延吉本店）
地址：台北市大安区延吉街 129 巷 2 号

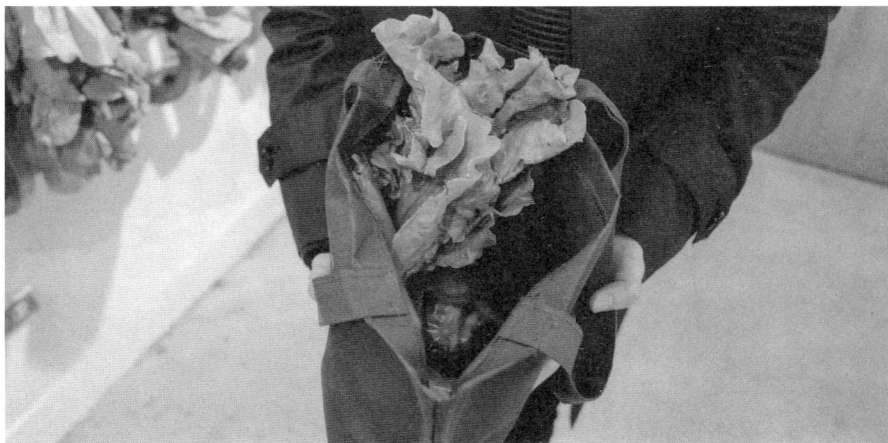

5.3

在宜兰
扫净内心的杂音

"我好像好久没有花那么多时间看书了。"
"我也是。好像读了一年量的书……"

在回家途中，我与同行的友人这样说。

的确如此。在旅行的第二天，我早上起床吃早餐的时候，看见餐桌旁有一个大书柜，里面书类繁多，而且很吸引人。《开店风格术》是我拿上手的第一本书，《给回来的旅行者》是她翻开的第一本书，而之后几天我们一直看，都看完了。

旅行的一个吸引人的地方在于如果你是个"非赶行程的旅行者"，你将会有大量的自由时间。在宜兰的早上，起床梳洗过后，步入大厅，跟老板说声早安，享用一顿用心制作的轻食早餐后，就拿起本有趣的书，坐下来安静地看。一看，便是一个多小时。平常，我们在香港，都习惯了滑手机，用别人的生活琐事佐餐，吃下去是没有任何营养的东西，不过，看书却可以让你看到更大的世界。好好花些时间阅读吧。

把自己埋进大自然中

"你喜欢在城市生活，还是在乡间生活？"

无论多喜欢早晨的好空气、无论多向往陶渊明的归园田居生活，说实话，我还是属于城市的人。我喜欢城市的跳跃感、多元、无时无刻的惊喜——在城市生活，我可以找到无限的可能性（还有方便性）。可是，城市的快节奏会让你我的能量逐渐降低，有时候连吸一口清新空气也是奢侈。这时候，我需要一段只看山水的假期。

在宜兰，我选择住在偏远一点儿的乡间小镇，每天早上搭乘免费班车到火车站，再转火车到海边和山上走走。望着太平洋海岸的浪花，走进山中感受着树木的能量，慢慢地让自己融入大自然的风景里。

把心意煮进素早餐与咖啡中

我跟咖啡有一段有趣的关系。小时候的我，从来不喜欢妈妈喝咖啡后嘴里散发的味道。长大后，即使大学时到过台北跟舅舅学冲咖啡，仍然也只喜欢加了甜味的咖啡（朱古力咖啡、榛子咖啡），而受不了咖啡本身的味道。然而，在开始吃素的同时，我也喜欢上了纯黑咖啡那淡淡的、既酸又有点回甘的味道。民宿的主人每天会准备好精致又健康的素食早餐，还会给我一杯手冲咖啡。哥伦比亚、曼特宁、阿拉比卡，等等，每天试一种口味。手冲咖啡的质感与味道，包含了冲调人的心思。

这个味道，让我在回港后的一个月，每天清晨写作的时候，都会想起。

→→看看照片就知道食材有多新鲜。

聆听宜兰的安静

一趟旅程好或不好，在这城市的回忆快乐不快乐，主要在于有没有碰到好的人。在宜兰，一个民风非常淳朴的地方（友人住在粉岭的村子里，我笑说这里根本和她家没区别），年轻人很少留在家乡，上了年纪的人，总保持着一种平静的神态。路上车不多，出门也是依靠差不多一小时才一趟的巴士。

在路上，有邀请你品尝他们自家种的水果的婶婶，每到一个地方，他们微笑着问你从哪里来的，在山上冷了的时候会叫你注意保暖。这种淡淡的温暖感，在城市中每个早上挤得像沙丁鱼罐头的车厢中，是找不到的。

谢谢在宜兰的宁静，让我过了一个平淡而满足的旅程。

5.4

纽约的
素食时尚

　　想要让吃素食成为主流，我认为需要发起一场运动，需要一种文化上的转型。以往的传统斋菜已经难以吸引新生代的人了，这毕竟是一个打卡的年代嘛！餐点讲究健康，使用新鲜食材，避免过多的调味剂和添加剂蔚然成风。这不再只关乎食物，而是一个整体的体验，从餐厅的环境、气氛、服务等，令用餐体验更多元化。

　　素食时尚化，素餐充满设计感和创意，一定能让更多人有兴趣试一试。而说到时尚、设计和创意，非说说纽约不可！

　　出发到纽约之前，有朋友介绍我去 ABC Kitchen，也提醒我一定要提前订位，无预订就入座的概率接近零。我在网上查看时，发现他们在餐厅旁开了 abcV，就是 ABC 的 Vegan 版，是全素食餐厅。这就顺理成章地成了我和男朋友的首选了！（每到一个地方旅游要试素食餐厅是我们的惯例。）

将创意美学注入素食

那是个只有3℃的晚上，步入餐厅时，冰冷的身体被室内温暖的氛围所融化。

吧台前的人在轻声聊天，灯光微暗，室内空间感强，高楼层，没有高级餐厅的拘谨，比较自然的墙面配上经过挑选的灯饰和桌椅，一切没有过多的修饰，非常自然、环保。这种视觉体验，就已经很"素"了。

❯❯abcV

地址：38 E 19th St,New York,NY 10003,USA

一坐下，便有服务生前来，问我们是不是第一次来吃饭，简单地介绍了餐厅的背景和菜单后，就给我们时间慢慢看（服务生的笑容我现在还记得）。菜单简单直接，有二十多款食物可供选择，每一道餐点的名字只是简单写出它的材料与搭配。我们花了些时间去想象它的味道，因为大部分的搭配都很新鲜，而且很具创意；例如"Fresh sauerkraut,Horseradish, Dill, Extra virgin olive oil"（新鲜酸菜、辣根、莳萝、橄榄油）——天啊，这个组合的味道究竟会是怎样的呢？

此时，服务生回头替我们下单，交谈间除了解答我们对餐点的疑问，也会替我们考虑分量是否足够，等等。空间感，来自空间以外，连人与人的互动也考虑在内。

上菜时，我的双眼已发亮，无论是摆盘还是香味都令人垂涎。南瓜泥上加一层鹰嘴豆泥、一点点香料及橄榄油，配上刚烤香的口袋薄饼，简单的搭配却让人停不下口。刚才在菜单上的创意搭配，酸菜、辣根和莳萝混在一起的冷盘沙拉，淡淡的酸味非常开胃。主菜我们点了菠菜意粉，配上调好的柠檬汁（意粉口感比平时的硬一点点），加上烤过的藏红花干，吃上去很特别，也很美味。

所有蔬菜的烹调时间也刚刚好，完全不会过度，调味也点到即止，让我们吃到了新鲜食材的原味，最后甜点要了一个全素的绿茶奶油布丁，也是甜度适中，跟普通的奶油布丁没两样。

周围用餐的客人看起来也非常喜欢在这里吃饭，我更偷听到旁边的女生说她们早在两星期前预订的位子（其实我也是，而头一天在网上看已经全满了）。其间外面很多人在等候入座。吃完甜点后，服务员再一次回来问我们食物怎样，有没有其他需要，亲切的态度让人好感倍增。

一顿充满惊喜的晚饭，给我留下了深刻的印象：让素食不再单一，而是时尚、设计感及创意美学平衡的体验。

5.5

游得像个
巴黎人

因为一次拍摄工作的机会，我在 2017 年的 11 月独自在巴黎待了两星期。

其实我对长途旅行有种莫名的恐惧感。三年前那场"延迟了的毕业旅行"，自己一个人去了英国和意大利，出发前也有无限的恐惧。一来是因为朋友们都恐吓我欧洲的治安比较差；二来，一个女生独自背着背包旅行，横跨半个地球，充满着未知数，总是会怕的。这次临走前的晚上，我在家抱着枕头也睡不着。

到埗（码头）的时候已经是傍晚，我住进了像"麦理浩"的青年宿舍，有点儿暗、有点儿黑、服务员也不太友善……我安慰自己说没关系，可能明天早上会好一点儿，自己一个人在外面总得坚强一点儿啊，便早早上床睡了，准备好明天的拍摄工作。

跟巴黎人学优雅随性

巴黎的生活形态很广阔——无论是艺术上还是生活上，法国人的生活态度都非常随心。就以吃饭为例，吃米其林的高级餐厅很享受，吃街上一欧元的长法包也很快乐。在不同的角落，我看到各式各样的巴黎人，优雅随性仿佛是他们生活的代名词。

常常听说法国人好像不太友善，其实我觉得不然。大概只是因为几百年来，这里是一个充满文化艺术气息的国家，他们对自己生于这个国家感到骄傲，所以拥有自己的风格态度。反而，一帮新认识的法国朋友，让我的旅程变得与众不同。

有一位为我写下长长的景点和餐厅酒馆介绍，有一位骑着自行车带我游走塞那河两旁，有一对年长夫妇让我搬进他们温暖的家，有一个法国家庭邀请我到他们家中做客，还为我准备了全素的晚餐。席间，我终于明白了为什么他们吃饭都花很长时间，这是因为他们非常重视彼此之间的交谈时光，即使像我这种萍水相逢的朋友，他们也用开放的心态对待。

而我，从他们身上学会要开放自己，去融入一个环境，才能真的对那个地方有深刻的体会。当然，我知道我是幸运的！

鱼子酱、芝士以外的美食

在吃方面，虽然大家都谈论着法国的鱼子酱、芝士和牛排等美食，不过近年来素食风气开始在这里盛行。今时今日在巴黎，即使在咖啡店，差不多全部都提供植物奶（如燕麦奶、杏仁奶），而一般餐厅也大多会提供全素的餐点甚至甜品选择。在年轻人爱去的第三区，Cafe Pinson 可以吃到特别的蛋奶素和全素餐点；Wild & The Moon 则以色彩缤纷的 Smoothie 和全素甜品最吸引人。我很喜欢第九区的 Le Potager de Charlotte——漂亮而精致的菜式卖相、新鲜而高品质的食材，每一口都是无高盐高脂添加的好滋味。

此外，巴黎还有很多售卖有机食品的集市和超级市场，例如 Bio c'Bon，价格除了比香港的实惠，地点也非常方便。能够融和、聚集不同的饮食文化，我猜就是这个文化之都的特色吧。

在巴黎，我看到了晚上的埃菲尔铁塔、巴黎满街的悠闲角落、充满电影感的街道和一个个美好的画面。

幻想着有一天可以在这个地方生活，多学一种语言，慢慢再了解这个文化时尚的城市。

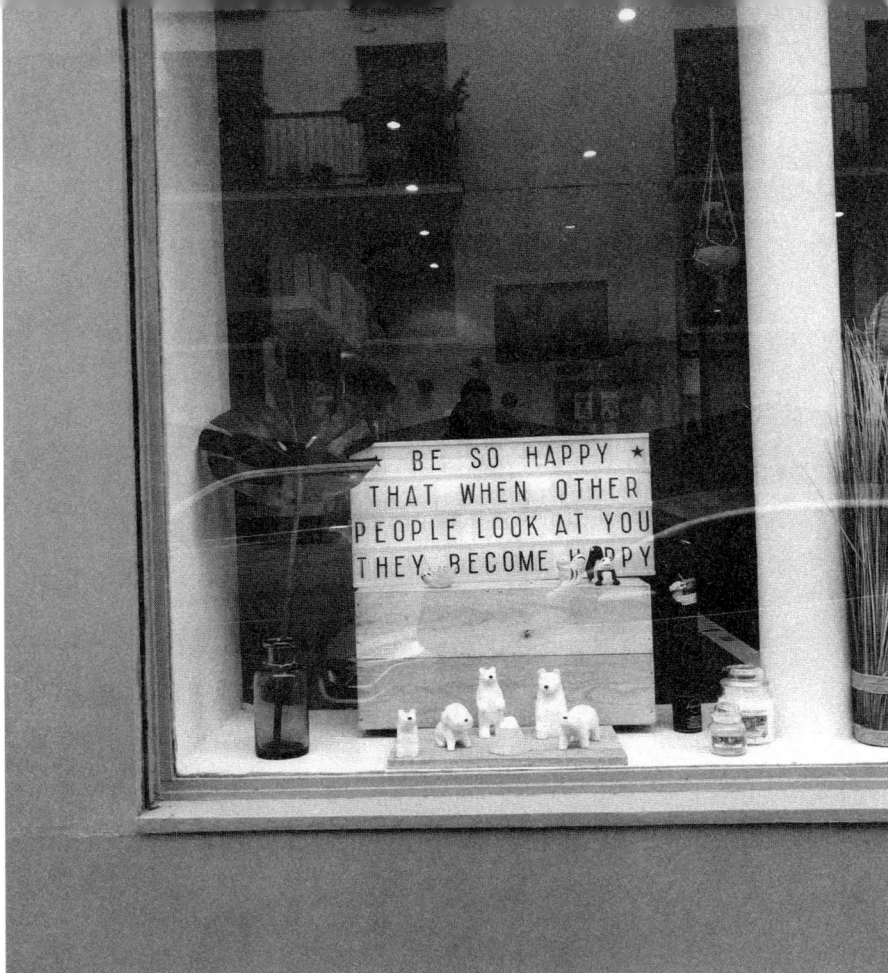

Cafe Pinson
地址:6 Rue du Forez, 75003 Paris, France

Wild & The Moon
地址: 55 Rue Charlot, 75003 Paris, France

Le Potager de Charlotte
地址:12 Rue de la Tour d' Auvergne, 75009 Paris, France

5.6

瀬户内海的
极简之美

早就听朋友说过濑户内海的艺术祭，每三年一度，分为春、夏、秋三个季度的艺术节（共 108 天），全部是现代艺术，在日本中部高松港附近的十多个岛上举行。

看到有些朋友在社交媒体上分享的照片，那风景像世外桃源一样，看到那水天一色的蓝，我很羡慕。但事情就是这样巧合——刚好有个朋友要和她六岁的儿子去，问我要不要一起出发。那是 10 月份，是 2016 年的最后一个展期（秋季），错过了的话，下一次要等三年后……本来还举棋不定的我，因为男朋友突然有空可以跟我一起去，就在临飞前的五天落实了这个让我毕生难忘的艺术之旅。

当随性人遇上要规划的艺术祭

我一向不是很有计划的旅行者，如果独自出游，大多在出发旅行的飞机上才计划行程，或是那天早上起床才看看想去哪里，顺着心情、节奏，才是真正的休息，但偏偏，濑户内海的艺术祭必须好好计划——因为从高松市去任何一个岛屿的船期班次是有限的，很多时候一天只有一班，座位也很有限；而岛上的交通也不算方便，大约一至

濑户内国际艺术祭2016　Setouchi Triennale 2016

两个小时才有一班车。

为了不让"突发意外"出现，男朋友担当起计划和指挥的角色——每天安排不同的行程和"赶鸭仔"。现在回想起来，还真的辛苦他要照顾两个不太有计划的女人和一个六岁的小孩了。

旅程中，我看到的每一个画面都像诗一般，置身其中，每天、每幅风景，都让我有不似人间的感觉。尤其是印象中，那完美融入岛上环境的两座美术馆。

与自然一体的美术馆与岛厨房

丰岛美术馆也许是我见过最美的建筑物。水滴形的设计坐落在丰岛的山腰上，两侧是鹅蛋形状的天井，一面向着树林，一面向着蔚蓝色的天空，一绿、一蓝，让自然完美地衬托了白色的建筑物。光线、微风、鸟鸣从两边天井流入室内，地上全天都会冒出"泉水"（水珠）。

在馆内，不少人会坐在甚至躺在地上，有的在画画、有的在发呆，我也躺了一回，欣赏着两边的风景，霎时有种被治愈、"天人合一"的感觉——自然是可以与人发生相互感应的。参观完这样完美的美术馆，已觉不枉此行了。

离开美术馆，我们到了"岛厨房"（Shima Kitchen）——也是其中一个艺术建筑——午餐去。岛厨房由丰岛当地的"妈妈们"一起经营，使用当地产的新鲜野菜跟鱼一同入菜。在小小的庭院里午餐，有种身心舒畅的闲适感。我吃了蔬菜咖喱饭，而朋友吃了烧鱼便当，前菜和甜品也简单好吃，可以吃出"妈妈们"的用心，是一个与众不同的体验。

洗涤心灵的天堂

如果说丰岛美术馆是最美丽的，那么地中美术馆就是最震撼的了。为了保存丰岛本身的天然之美，整个美术馆基本上是建在地底的。从高空望下去就是数个几何图形合并融入山和海中间。美术馆里的作品，是由不同的线条、图形、光与影所组合，你难以分清自己到底是在建筑里还是在建筑外，因为每一件艺术品，都是把两者的元素融为一体。当中我最喜欢"Open Sky"，全白的四方空间中，上面有一个四方的大天窗。那天刚好晴天，全蓝的天，阳光洒在反光的白表面上，熠熠生辉。

那次旅程，是难以言喻的体验，会一辈子留在心中。濑户内海之美，好像清洗了我脑中大大小小的念头。假如素食是净化了身体，那么这一个在香港 2345 千米之外的地方，就是可以洗涤心灵的小天堂。

PART

6

回归　初心

6.1

素食，
只是一个开始

世界，很大。

有它的态度、秩序，有它的习惯，有它的一套运作方式。当巨大的齿轮开始运作，人类便像小螺丝跟随着系统滚动。偶尔有少数的人由螺丝成为齿轮，希望凭自己的力量影响结构。然而，齿轮总被巨轮带着前进，我们只好一直向着普遍的流向一直走，对于改变，我们无能为力。

从前，我的确有这个想法。面对社会，即使有自己的信念，我也认为可以做的并不多。不过，这些年我却发现，即使改变不了大众的流向，尝试从自身做起，总比什么也没做对得起自己。不再执着于旧有的观念，为自己创作新的流向，由肉食转为茹素再到生活起居，从个人形象到创作内涵，一切回归基础，我在一步一步地改变自己，去成为我想成为的人。

当我能相信自己的时候，就能影响到相信我的人，就像我所相信的老师。

每个人遇上 Andy，都称他为老师。无论是三岁还是八十岁，都是老师的学生。老师眼中看到的世界，仿佛比任何一个人看到的都要远。

"基本"之重要性

"你好，Charlotte，我叫 Andy。"

这是我们初次见面时，在一个青年舞蹈团的面试中，他紧紧握着我的手跟我说的第一句话。记忆中，舞蹈室有近五十个年轻人，战战兢兢地一行一行整齐地排列在镜子前面，而老师逐个前去握手和介绍自己。那年我只有十六岁，还是头一次这样"正式"认识一个人。我对他的一举一动，印象非常深刻。（我当时心想这样打招呼会不会太浪费时间。有些东西，还是长大了才明白。）

这样一来，我当上老师的学生十年了。头几年，我学会了遇到每个人要笑着打招呼，学会了进入练舞室前要摆好各人脱下的鞋子，学会了跳舞前要清洁地板，学会了有食物要分享，学会了要把胶瓶、废纸回收，学会了要自己带餐具。

"你跟着舞蹈老师，不是学跳舞和演出技巧吗？"当然，这些我也学到了，只是，我学到的，不光是技巧，还有一些做人的基本准则。老师从来没有强迫学生要用自己的一套准则，而是自己以身作则……

记得有一次，练舞室前的鞋子乱了（每个人都是很快脱掉鞋子就进房嘛），老师在授课前关门的时候，把三十多双鞋子一对一对地摆好。当时，我们看着他的举动都呆了。只是，慢慢地，我们这帮十多岁的年轻人把这些一点一点也烙印在心中。

到了升大学的那个夏天，我跟着老师到全港不同的地方跳舞，当起了一名小助教。参加者不再限于年轻人，而是跟长者、残障或智障朋友一同舞动。而在此之前，我并没有概念：拿着盲杖，只剩下两成视力的视障人士，到底如何在舞台上表演？结果，我们做到了。在短短的两个月间，我们一对一地和视障朋友排练，排了一支白杖舞。在"毕业礼"上，他们成功演出，得到了无数掌声。一个个"奇迹"，在老师的带领下一一实现了。

舞蹈，谁说只属于四肢健全的人？就算坐在轮椅上，也可以用手起舞，随心起舞，大会堂是舞台，公园也是舞台。艺术的意义除了技术上的追求，本应融合在生活当中，不分年龄、阶层、种族、能力。当你拥有同理心，不戴着有色眼镜去评价别人，看到的世界便会更好。我问老师，为什么可以把不管多困难的事都做到？

"把每一次当作是最后一次，那你每一次便会花 120% 的心机和气力去完成它。"

播下茹素的种子

吃素的初期，我问老师，为什么要坚持素食？前文交代过，当初是因为他爸爸走后，觉得想为家人祈福，所以一直坚持了二十年，而且慢慢地发现茹素对世界也是好的——不杀生，也环保。"你看，我现在身边的天使们（学生），包括你，也有七八人吃素了！"小小的动作，表面看似没什么，却在别人心中种下种子，假以时日，种子发芽，世界便会改变了。

坚持所想，用心去对待每一个人、每一件事，无须理由地去爱人和大自然，把每一次当作最后一次，珍惜当下，从老师身上，我学会了如何去做人，也学会成为播种的人。

而很多默默耕耘的播种人，就在身边。

用甜点去推广素食主义

"我想让更多的人认识素食，想把自己认识的那个世界带给其他人，所以我做出可以带给每个人快乐的甜品。"

生日必须吃蛋糕，但茹素后的生日不能再吃"蛋糕"。幸运地，我遇上了另一个素系女生 Yuki。她送给我第一个全素生日"蛋糕"和决心。

她健康的气色和笑容让人印象深刻。

Yuki 同样成为素食者快三年了，她开始吃素源于一次"觉悟"。那时候她住在大学宿舍，一次准备下厨清洗鸡胸肉时，突然想到：为什么像在洗一只动物的尸体？她形容那种感觉很差，也不好受，而其实从小到大也不太喜欢吃肉，加上考虑到吃素也比较健康，就决定成为素食者。

幸运的是，她得到了家人的支持，只是喜欢煲汤的奶奶需要一点儿时间适应。老人家喜欢煲汤时下花胶、鸡架、瘦肉，等等，见孙女不喝，便担心她不够营养。后来，经过 Yuki 的一番解释，奶奶也开始慢慢研究怎样煮素汤，放腰果、栗子等。

既然能够影响家人，怎么不试着影响更多人？

她开了一家叫"蔬食实验．Veg Dining Lab"的网店，卖自己做的纯素蛋糕，她的伯爵茶香蕉蛋糕，香浓而不腻。相比起口耳相传，她想用一个更有效的方式去推广素食。而无论是男生还是女生，又或者无论是大人还是孩子无一不喜欢吃甜品，即使是怕胖的女生，只要用的食材低糖又天然，她们也乐于一试。所以做蛋糕，就有机会让他人去尝试，为他们提供更多选择。

改变需要时间，不过只要每个人迈出一步，做一点点，让更多人接触素食、环保的事，总会有成效。就如几年前也很少人自带杯子、不用吸管，现在这些渐渐成了很多人的习惯。

"我相信，这样可以带给人快乐，又可以让人认识素食。"

的确，我只是巨轮上的一颗小螺丝，大海中的一个小水滴。然而，在路上我并不孤单，螺丝不只一颗。世界上的另一个我，用纯素甜品去播种，而我，就用我的书来播种。本着信念去做自己要做的事，像使命一般，用心生活，以生命影响生命。

我（或我们）相信，集少成多。

6.2
改变生活的
练习

很感谢你读到这里，如果你也希望改变生活，也许可以尝试从饮食开始，慢慢地从自己做起⋯⋯

每星期一天素食，无负担的蔬食可以带来正能量。

每次点餐只点七分饱的分量，适量而简单的食物可以给你健康充足的养分。

实行环保减少包装、把垃圾分好类。买饮料的时候自备杯子及饮管、买东西时使用环保袋，减少使用一次性消耗品；外出时注意关灯、多用风扇少开空调，减少用水和用电。

美丽是从居家开始的。减少杂物，选择符合实际需要而具设计感的家居用品，让生活变得更美好。

风格是独特的，简约的衣着、合适的打扮，最能衬托你本身的气质。

无论怎样，必须学懂独处，欣赏自己、珍惜自己、爱自己，才懂得去爱身边的人。

拥抱悲伤，让它成为你更大的能量。

保持好奇心、用善意与真诚的态度面对每一个人、每一件事情。

世界真的很大，请把握每个机会出去走走（尤其是独游）。

找到可以相互影响、志同道合的朋友是幸运，请一起互相支持，继续改变世界吧！

以上改变并非一日所得，需要练习，日复一日的练习。慢慢改变自己，一步步由思想到行动去改变自己。那慢慢地，也能够借着自己去影响别人，甚至这个世界。

今天起，做一些你认为对的事吧！

"You must be the change you want to see in the world."

—— Mahatma Gandhi

6.3

给自己的信

致 沙律：

你还记得大学同学、舞团朋友给你的昵称吗？

真想不到有一天，你会从食肉动物变成以吃沙拉为乐。放心，你将来能吃的不会只有沙拉。：）

你还记得你的梦想吗？

在小学时的那篇《我的志愿》里，你说要成为百万富翁，是因为小时候跟妈妈玩了太多"大富翁"游戏的原因吧？老实说，你长大后对金钱还是没什么概念，就像那时只知道可以随便买地盖房子，还常常想存钱去买下一片地，给哥哥、爸爸、妈妈、外婆、外公每人盖一座房子。

后来，你的人生从纸板游戏里走出来，就没了志愿和梦想这概念。初中几年就一直忙着跟一帮好同学打排球、跳舞和到快餐店吃下午茶；高中几年就忙着社团事务、管理舞蹈组的事情和念书。虽然没有很进取地说着未来，却有着一个很愉快的回忆。看着有些同学会期待未来、梦想着要念自己喜爱的大学与学科，你却认为，这些不是梦想吧。

庆幸，大学二年级，你的梦想变立体了。我到现在还念念不忘一帮快要毕业的师兄、师姐为想做到好的作品而打拼的那种热情，那个画面，你还记得吧？

你一定记得，后来，你发现了"我的声音"。

我要谢谢你。

在茫茫人海中，我凭着影像，可以和大家沟通；凭着影像，可以记录我的想法。文字以外，我利用画面说故事。这个声音渐渐响亮、愈传愈远，更多人接触到，由一到百，再由百传千，我发现，假如不使用自己的声音去推动新的浪潮，只会浪费自己一路走来积累和建立的才华和能力。

沙律，我想告诉你，后来的你拥有了一个更多人知道的名字——Charlotte In White。我经常被问这是怎么来的。

白色是最纯净的颜色。除了透明、简洁的特质外——（当一束白光经过三棱镜时，因折射率不同，投影在屏上的位置也不同，所以一束白光通过三棱镜便分解为七种不同的颜色，这种现象称为光的色散）白光，由红、橙、黄、绿、蓝、靛、紫七色组成。

再不只限于一种颜色，而是可以一传百，折射出各个元素的独特色彩。一束白光的光谱，很广阔。我今天能告诉你，你的梦想成形了，你要成为那一道热情的白光。

二十七岁这年，我用影像和文字分享我的声音，由素食开始，到生活、关系、情感……我在改变自己，同时，我也试着一步一步地影响世界。

尽情追梦吧！

Love,

Charlotte

"You may say I am a dreamer, But I'm not the only one I hope someday you'll join us, And the world will be as one."

—— *Imagine*   John Lennon

谢 辞

"前人种树，后人乘凉。"

说真的，我相信这本书包括了好几代人的努力。而我，是在树上长大，长着翅膀的一只小鸟。

爸爸妈妈给予我一段快乐的童年，虽然家中不算富裕，却从不缺任何东西，他们也教我懂了很多做人的价值、礼貌、态度——这是我拥有的最大的资产。比我大七岁的哥哥，他一路上所给予的指引与支持，是我最强大的后盾。这书中不少地方全靠他替我动脑筋，就连封面照和很多美丽的食物照片，也是我们两个在家中一起拍的。

如果你相信人生是一个轮回的说法，想必我已经轮回了很多辈子，每一辈子，我都做了许多好事，才让我拥有这么多的福气——拥有选择、自由。

这本书，除了是关于一个"素人"的生活日常，也是我的摄影记录，让文字和图片像跳舞一样，相互配合，让看到这本书的你有一种很舒服很自然的感觉。谢谢一路上陪伴在身边的朋友们，你们成就了现在这个最好的我，谢谢你们！

还需要感谢出版社的编辑和同事们，你们所给予的空间与耐心，是每一个创作者最渴望拥有的。

最后，我想谢谢所有读这本书的每一个你！
你们让我小小的心愿达成了，飞起了。

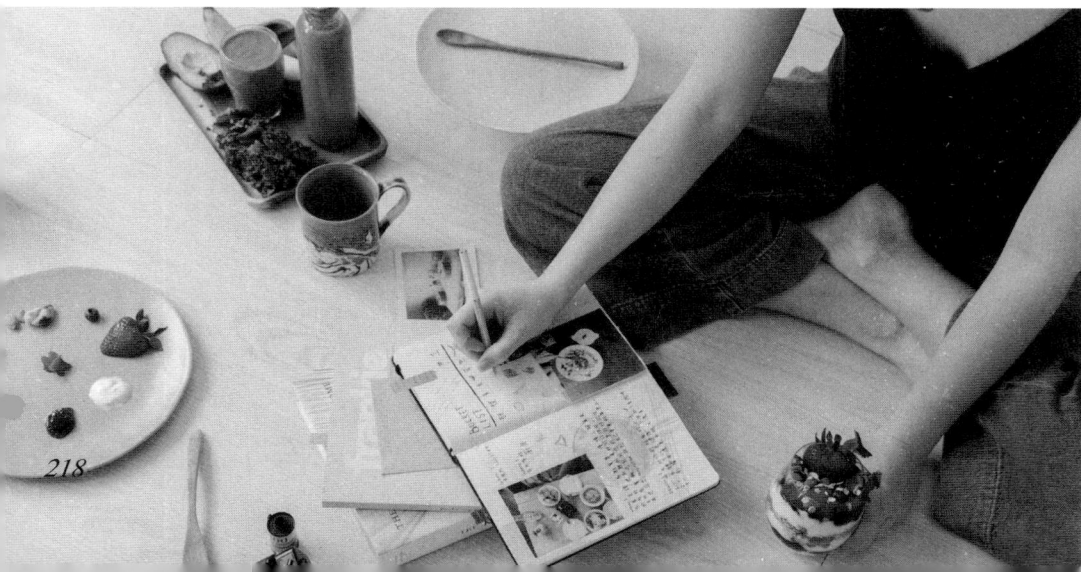